LONDRES, 1946

Séverine Mikan

Londres, 1946

Les Fragments d'Éternité

En application de l'art. L.137-2.-I. du code de la propriété intellectuelle, toute reproduction et/ou divulgation de parties de l'œuvre dépassant le volume prévu par la loi est expressément interdite.
© Séverine Mikan 2025
© Yooichi Kadono, pour la présente couverture et les Chara Design.
© Yaya Chang pour les illustrations intérieures
Édition : BoD · Books on Demand, 31 avenue Saint-Rémy, 57600 Forbach, bod@bod.fr
Impression : Libri Plureos GmbH, Friedensallee 273, 22763 Hamburg (Allemagne)
Dépôt légal : Mai 2025
ISBN : 978-2-3226-1350-2

CHAPITRE 1

1946, septembre

Peut-on dire que les villes, avec leurs rues qui se croisent et s'entrecroisent, leurs maisons basses et leurs hauts immeubles, leurs effets de style et les atermoiements de leur histoire fragmentée, sont les pieds et les vers d'un poème ? Un très ancien poème, immense, monstrueux, magnifique, de l'un de ceux qui vous emportent sur les vagues du temps. Au jeu de cette métaphore, Londres est un cadavre exquis, une cité chaotique où se juxtaposent les rimes les plus mélodieuses et les plus atroces, où les images naissent, meurent, éclatantes ou fades, tragiques parfois, belles souvent. Ce poème de la ville est aussi imprévisible que les habitants qui la peuplent.

Depuis la fenêtre de son bureau, Benjamin observe. Il la voit s'étaler sous le soleil mouillé d'un automne précoce. Londres, sa ville. Londres, l'obscure clarté, le silence assourdissant, la sublime horreur. Londres, la parfaite matrice des oxymores.

Benjamin écoute. Il y a des vers qui s'écrivent dans les bruits d'une cité. Avec le temps, il a appris à reconnaître les strophes séquençant les journées londoniennes, à percevoir les assonances dans un reflet sur la vitre, les allitérations dans le pas d'un passant. Poèmes multiples, propres à chacun. Pléthoriques. Cacophoniques. Benjamin n'est pas poète, il ne l'a jamais été. Lui est un homme de sciences. Ce qu'il sait de la beauté des rimes lui vient d'un autre. Autre temps, autre vie.

Benjamin regarde le stylo qu'il a posé sur le cuir élimé de son sous-main. L'objet roule et vient buter contre une pile d'enveloppes. Un rayon de soleil glisse, nonchalamment, depuis la fenêtre jusqu'au bois vieilli du bureau, depuis le papier de sa lettre jusqu'à ses doigts. Benjamin tourne sa paume vers la lumière, elle le frôle et le réchauffe comme le ferait le contact d'une peau nue contre la sienne, d'un corps nu contre le sien. Il ferme les yeux et soupire lentement. La sensation remonte le fil des années. C'est un gouffre de neuf ans qui le sépare de cette caresse légère, de cette tiédeur diffuse que sa chair n'a pas oubliée et que le silence, parfois, fait ressurgir. Sa vie, si elle est un poème, n'a aucun sens, aucune destination. C'est un brouillon, un manuscrit abandonné.

Aujourd'hui, tout est calme, si calme. Le monde semble apaisé, blotti dans les premières saveurs des dîners que l'on prépare au chaud des cuisines en demi-sous-sol. Benjamin se prend à imaginer leurs ambiances protectrices, la lumière extérieure qui entre à peine, le trottoir et les jambes des passants que l'on entrevoit en tendant le cou par la fenêtre presque aveugle. Il suppose que l'on allume les lampes maintenant que le gaz est revenu. Soupe d'artichauts ou purée de courges, un peu de pudding arrosé d'un doigt de brandy, les odeurs invitent à la quiétude. Les poêlons et marmites reprennent du service, cela mijote joyeusement tandis que la famille réunie au salon partage le thé de cinq heures. C'est un sonnet aux rimes légères, faciles, celui de cette douceur de vivre qui revient bercer le quotidien des Londoniens.

L'enfance de Benjamin est pleine de ces moments de temps suspendu, de jeux et d'odeurs, d'ennui et de siestes sur la méridienne couverte du plaid lavande de tante Pearl. Ce sont des souvenirs d'avant la guerre, calmes, insouciants. Ce ne seront probablement pas les souvenirs des enfants d'aujourd'hui. Ou peut-être que si. Peut-être que la peur du lendemain, de la prochaine alerte s'évanouit déjà, dissoute dans le courant paisible de leurs habitudes retrouvées. C'est ainsi que la vie reprend son cours. Il y a toujours les rationnements, il y a toujours les rues couvertes de gravas, mais le chaos s'éloigne, chassé par l'espoir en l'avenir.

Est-ce donc vrai ? Est-ce vraiment là le présent ? La guerre est-elle devenue du Passé, cette matière molle, vaguement inquiétante, que l'on oublie peu à peu ? À Londres, les cicatrices laissées par le conflit marbrent la ville. Jour après jour, elles sont masquées, recousues, et le vaste tissu urbain est rafistolé. Benjamin a du mal à se faire à l'idée que l'horreur n'a qu'un temps, qu'il faut bien continuer à vivre. Étrange cette capacité de résilience de tout un peuple. Mais pourtant, il le constate quotidiennement : les Londoniens sont des survivants. Ils ont appris à museler leurs craintes pour tourner leur regard vers l'avenir. Cet avenir qui sera forcément meilleur. C'est ce que tout le monde dit : meilleur, ou qui ne pourra pas être pire.

Au second étage du dispensaire, le soleil fatigué de la fin d'après-midi réchauffe le bureau de Benjamin où s'entasse un monceau de dossiers, accumulés en piles inégales et branlantes. C'est un lieu de sérieux, un endroit studieux : c'est le bureau du directeur de l'établissement, donc son bureau, aussi incongru que cela lui paraisse. Le fauteuil sur lequel il est assis a connu trois générations de médecins. Sur le mur face à la fenêtre, couvert d'un lambris acajou, est accrochée

une mosaïque de diplômes encadrés sous verre, répétition à l'identique d'un même orgueil : dans la famille Taylor, on est médecin de père en fils, de neveu en cousin et en beau-frère s'il le faut. Benjamin perd son regard sur les preuves de la réussite familiale. Le poids de ces décennies de destins vertueux pèse sur ses épaules, sur son esprit. Quand d'autres se seraient enorgueillis d'une telle réussite, lui traîne encore une mélancolie discrète. Celle de n'avoir pas pu se rêver aventurier, explorateur ou romancier, parce qu'on avait décidé qu'il serait, comme ses aïeux avant lui, le gardien d'un nom. Son ambition a toujours été de bouleverser les choses établies. Mais peut-être y est-il parvenu, à vrai dire ? Subtilement.

Pour un fin observateur, seule, sage sur son mur, une calligraphie d'un extrait d'un poème fait une note discordante dans le bureau perclus d'ennui paperassier. Il est un peu étrange de découvrir là ce morceau de poésie fragile jouant des coudes avec les insipides diplômes tous pareils et sans vie.

À qui s'approcherait pour lire les mots écrits, la première strophe retiendra certainement l'attention, elle est en français : « Et moi qui ai rêvé d'être en toi immortel, en songe mon aimé je nous vois éternels. » L'encre brune semble du sang séché sur le papier taché et plié. À y regarder de plus près, ce poème est écrit au dos d'une lettre.

Des lettres.

Cela fait maintenant neuf ans que Benjamin en écrit, et près de quatre ans qu'elles restent sans réponse…

CHAPITRE 2

1937, juillet

— Ben ! Il faut, absolument, que je te fasse goûter de la noix de coco ! Tu vas voir, c'est tout bonnement EXTRAORDINAIRE !

— Oh, pour l'amour du Ciel, Violet, peux-tu cesser de te donner en spectacle !

— Oh, pour l'amooooour du Ciel, Perty, peux-tu cesser d'être un vieux snob !

— Ne m'appelle pas comme ça, c'est ridicule ! Mon prénom, c'est Rupert !

— *Perty doesn't like to party*[1] !

— Haha, très drôle, je ne vois pas pourquoi on s'échine à traverser tout Londres pour venir jusqu'ici alors qu'avec toi, on est déjà au cirque !

— Ce que tu peux être rasoir. C'est affolant, mon pauvre Rupert, tu vas finir momifié ! Comme grand-père ! N'est-ce pas, Ben ? Imagine-le avec la couverture en tartan sur les genoux, en train de mâcher sa pipe.

Benjamin ne put retenir un rire devant l'imitation clownesque que fit son amie de l'auguste, mais rabougri, aïeul McMuir. Un mime tout à fait réussi ! Un beau jour comme celui-ci donnait à Violet l'occasion d'irradier littéralement de joie de vivre. Le temps était aussi éclatant qu'elle : du soleil, de l'azur à profusion et un brin de chaleur. Un été fait pour les jeunes gens de leur âge. Un été qui oubliait les noirceurs de la Grande Dépression et les tiraillements des nationalismes[2], là-bas, sur le continent. Ce mois de juillet, léger comme un cœur adolescent, se mariait à merveille avec les petits nuages blancs qui moutonnaient très haut dans le ciel londonien. Dans des conditions aussi idylliques, profiter des vacances était un devoir. D'ailleurs, la principale raison de leur expédition du jour était : s'amuser, vivre une aventure, vivre… tout court !

Ils avaient tout prévu, à commencer par les vêtements. Pour sortir s'encanailler en banlieue, Rupert et Benjamin avaient opté pour une tenue décontractée : chemise blanche et cravate sous des gilets sans manches de tweed bleu et les fameux *bags*[3] bouffants qui leur donnaient cette allure immanquable des étudiants d'Oxford. Rupert avait voulu imposer en plus le blazer à écusson de leur *college*, ce que Ben avait fermement décliné. Ils n'étaient pas en sortie scolaire ! Violet, quant à elle, était vêtue d'une robe légère ceinte d'une veste serrant sa taille souple, sa chevelure auburn assujettie par de discrètes épingles tombait en belles ondulations sur ses épaules. Avec son nez retroussé et ses pétillants yeux noisette, elle faisait se tourner bien des têtes, au grand désespoir de son frère, Rupert. Celui-ci, bien que son cadet de quelques minutes, s'était fait le devoir de chaperonner sa sœur en toute circonstance. Ce que l'indocile Violet, digne héritière du très ancien et insoumis clan écossais McMuir, ne supportait pas. Les échanges entre les jumeaux McMuir ne manquaient jamais de tourner au vinaigre et Benjamin avait pris l'habitude de se faire le médiateur entre eux ou d'attendre patiemment que les passes d'armes cessent. Le problème résidait beaucoup dans le fait que leur trio était un drôle d'équilibre d'amitiés mâtinées de jalousie et compliquées encore par l'intention des patriarches McMuir et Taylor de faire s'unir leurs familles par un mariage. Ainsi, Violet et Benjamin seraient sous peu fiancés ; ce que les deux principaux intéressés tenaient pour une blague amusante ne portant pas à conséquence, mais que Rupert, par contre, semblait prendre avec le plus parfait sérieux. La défense de la vertu de sa sœur et de l'honneur de son futur beau-frère était devenue pour lui un véritable projet personnel. De snob, mais drôle lorsqu'il était enfant, Rupert virait affreusement grincheux et paternaliste depuis l'annonce des fiançailles entre sa sœur et son meilleur ami. Il avait même à présent des phases d'une si insupportable pudibonderie que, plus d'une fois, Ben avait failli se fâcher sérieusement avec lui. Et pourtant, il se savait peu enclin à s'emporter.

Benjamin sortit de ses réflexions lorsque Violet attrapa affectueusement son bras et l'attira à elle. *Elle sent l'eau de muguet*, remarqua l'adolescent, en rougissant quelque peu de cette proximité affichée. Contrairement à nombre de jeunes filles bien élevées, Violet faisait peu de cas de montrer son affection pour Benjamin en public. Ils étaient compagnons de jeu depuis l'enfance, les marques de tendresse qu'elle avait pour lui étaient d'une candeur toute fraternelle. Cependant, Benjamin devait bien avouer que depuis quelques mois, ce mélange de tempérament piquant et de féminité florissante avait tendance à le troubler. Enfin, pour être honnête, en ce moment, tout avait tendance à le troubler : il rougissait pour un rien, c'en était réellement mortifiant.

Violet l'entraîna en sautillant joyeusement, l'envol de sa robe légère faisant entrevoir deux mollets gracieux qui forcèrent son attention. Un grognement de Rupert derrière eux lui laissa entendre que cette attitude futile et impudique n'avait pas assez de retenue à son goût. *Quel dommage*, soupira intérieurement Benjamin, *un aussi beau jour que celui-là mériterait un peu plus de bonne humeur.* Il décida, prenant exemple sur sa compagne, que rien ne pourrait lui gâcher la journée, et surtout pas les ronchonnements de Rupert. Il partit donc d'un bon pas à l'assaut des rues inconnues.

Les trois jeunes gens venaient de sortir de la bouche de métro de Sheperd's Bush[4] et le moins que l'on pouvait dire de ce quartier, c'est qu'il ne ressemblait en rien à ce à quoi Benjamin était habitué : ni la fièvre estudiantine des ruelles médiévales d'Oxford, ni l'auguste dignité du foyer paternel londonien et encore moins le calme ronflant de leur propriété familiale du Wiltshire. Certes, c'était une simple banlieue ouvrière, toutefois, pour un fils de la *gentry*[5] comme lui, l'endroit avait l'exotisme d'une terre apache ! En tant qu'enfant unique, Benjamin avait toujours été couvé par ses parents. Il n'avait vu de la vraie vie que quelques bribes entraperçues par hasard ou grâce aux astuces de son amie Violet, toujours prompte à contourner les interdits.

Son regard fut happé par la trépidation de la rue, Uxbridge Road. Quel superbe chaos ! Un véritable patchwork de bâtisses en briques tantôt neuves, tantôt délabrées où les rez-de-chaussée accueillaient une flopée de petites boutiques à la porte ouverte et aux vitrines pimpantes. De grandes affiches publicitaires couvraient les murs, s'accrochaient aux lampadaires et encombraient l'espace visuel avec obstination : « *Ovaltine* protège votre santé », « La délicieuse fraîcheur des conserves *Smedley's* », « *Woman's Own*, le plus chic des hebdomadaires », pouvait-on lire en grosses lettres colorées. Si les trottoirs étaient envahis d'une foule disparate de gens pressés, la chaussée ne dépariait pas avec son flot d'automobiles klaxonnantes, d'autobus, de vélos et de carrioles à chevaux.

Une brassée de gamins ébouriffés les dépassèrent en criant, poursuivis par un chien joueur. Les mômes manquèrent de bousculer une dame âgée traînant son cabas, alors un ouvrier en bleu de travail en attrapa un par l'oreille et lui remonta les bretelles. L'enfant hurla, le chien aboya et pas un passant n'y prêta attention. On aurait cru toute cette scène tirée d'un film de Chaplin, les voix en plus[6] ! Cette partie de la ville était si vivante, si exotique dans son étrangeté populacière que Benjamin sentit sa poitrine se gonfler d'exaltation.

— Allez, un peu de bonne volonté, Perty. Il est déjà 3 h de l'après-midi, on ne va pas avoir le temps d'en profiter si tu lambines, lança-t-il en direction d'un Rupert bougonnant.

— Tu ne vas pas t'y mettre toi aussi ! Est-ce que je t'appelle Benji, moi !

Benjamin, en rigolant, lâcha le bras de Violet pour venir saisir celui de son ami. Le biceps de Rupert roula sous ses doigts. Il se fit la remarque que depuis deux ans que ce dernier s'était inscrit à l'équipe d'aviron du Merton College[7],

sa carrure s'était indéniablement étoffée. Il faudrait peut-être qu'il fasse de même, le seul sport qu'il se hasardait à pratiquer était le criquet et celui-ci n'avait visiblement pas les mêmes vertus. À tout juste 17 ans, Benjamin avait une silhouette encore trop androgyne à son propre goût. Non pas que cela soit un problème urgent, mais enfin, tout de même, les muscles dessinés étaient un spectacle plus appréciable que les courbes adolescentes dont il était encore affublé.

— Sois pas si grincheux. Tu m'as dit toi-même que c'était sympa les fêtes foraines, commenta-t-il, jovial.

— Non, alors pardon, mais ce n'est pas ce que j'ai dit. Je parlais des vraies fêtes foraines, comme celle de Margate[8] où père a sa maison de villégiature et pas de ce genre de foire pour saltimbanques ! Je ne sais même pas comment vous avez trouvé ce lieu de débauche ! rétorqua Rupert en dégageant son bras avec irritation.

Benjamin fronça les sourcils, plutôt surpris par l'humeur particulièrement sombre de son camarade.

— Ah carrément « de débauche » ! Hé bah, c'est pas ton jour aujourd'hui, vieux, lui renvoya-t-il en rangeant ses mains dans ses poches.

— Laisse, Ben, c'est son ancien statut de préfet de classe qui lui colle le melon. Tu sais qu'ils ne valent plus grand-chose, Perty, tes galons de pensionnat, chantonna Violet.

— Oh hé ! Je ne te permets pas, espèce de suffragette socialiste[9] ! lui lança son frère.

— Et je m'en moque bien, figure-toi, que tu me le permettes ou non ! Je suis une femme libre ! Allez, Benjamin, on y va, rétorqua-t-elle en revenant sur ses pas pour tirer Benjamin par la manche.

Celui-ci donna une bourrade amicale à Rupert avant de se laisser entraîner. C'était plus fort que lui, il avait toujours été attiré par les personnalités aventurières, lui-même se sachant finalement peu téméraire. Violet faisait l'effet d'une lanterne fascinante pour le papillon qu'il était.

Ils marchèrent pendant un bon moment, demandant régulièrement leur chemin pour éviter de se perdre. Aucun d'entre eux n'avait jamais mis les pieds aussi loin en banlieue et, tout insouciants qu'ils étaient, ils ne tenaient pas à se retrouver dans quelque coin mal fréquenté dont on faisait la réputation des quartiers ouvriers. Cette sortie pour fêter leurs très bons résultats scolaires devait rester exceptionnelle et donner la preuve de leur maturité à leurs familles respectives. Beau programme ! Benjamin pressentait néanmoins que cela relèverait de la gageure. Si Rupert était un garçon à présent fort raisonnable, c'était loin d'être son cas à lui et encore moins celui de Violet, qui trouvait un malin plaisir à contrevenir à toutes les contraintes imposées à son sexe. L'un des plus marquants avait été de demander à s'inscrire comme étudiante au St Hilda's College d'Oxford pour la seule et unique raison qu'il avait l'une des rares équipes féminines d'aviron[10] !

Deux rues plus loin, les trois jeunes gens arrivèrent en vue de la fête foraine itinérante. Un cercle de roulottes, une vingtaine de manèges et de baraques de foire s'étaient installés en bordure d'un terrain herbu longeant les immenses hangars des studios de tournage de Lime Grove[11]. L'entrée était indiquée par une arcade de bois peinte sur des décors alambiqués. Le nom de la fête était écrit en lettres dorées : *The Heaven Garden – Fun Fair*[12]. En passant sous l'enseigne ornée de deux figures de nymphes aux seins nus, Benjamin se fit la réflexion que Rupert, en parlant de lieu de débauche, n'avait peut-être pas tout à fait tort. Il prit une profonde respiration, comme pour démarrer une épreuve sportive. Cela le fit sourire. S'il avait envie d'une aventure excitante, c'en était une ! Après huit ans de pensionnat, son expérience de la vie lui semblait effroyablement étriquée. Il n'était étudiant à Oxford que depuis quelques mois, mais il devait admettre que son écart de maturité avec certains de ses camarades l'embarrassait. Il avait besoin d'émerveillement, de sensations nouvelles, fortes, d'un peu de danger tempéré. Cet après-midi allait être une formidable opportunité de sortir de son quotidien réglé comme du papier à musique.

Il ne lui fallut que quelques pas au milieu de la place pour que ses sens soient saturés. Bruits, odeurs, couleurs, une fête foraine, pour quelqu'un qui n'y avait jamais mis les pieds, était un endroit surchargé d'impressions, gorgé de sensations, une véritable pagaille. Il y avait des rires, des cris, des bruits de mécanismes démarrant, s'arrêtant. Le son le plus tonitruant venait d'un bel orgue mécanique jouant des airs saccadés ponctués de coups de cymbales. Le bruit, tout ce bruit, toute cette joie, cette folie, et cette jeunesse en liberté, l'impression d'être ivre, c'était un lieu à part, un véritable temple de l'euphorie. Un peu comme un carnaval de l'ancien temps, mais réduit entre les murs de bois disjoints d'une zone restreinte, trop restreinte peut-être pour contenir toute cette tapageuse envie de vivre. La jeunesse y affluait, par bandes, par groupes : bas étage ouvrier qui cherche le monde sans règles, garçons de familles aisées s'émancipant pour quelques heures.

Des cris de peur le firent sursauter, c'était un manège de chaises volantes commençant son tour. Les femmes ne pouvaient s'empêcher de pousser des exclamations lorsque leurs robes, prises dans le mouvement rapide de l'attraction, laissaient leurs jambes découvertes. Cela sentait le pain d'épices et les alcools fruités vendus sur des stands sommaires faits d'une planche et de deux tréteaux. Et puis il y avait cette odeur plus sauvage : l'herbe que les visiteurs écrasaient de leurs pieds impatients, les chevaux parqués derrière les caravanes, la sueur de la foule surexcitée.

Les trois étudiants firent d'abord le tour des lieux avant de choisir sur quelles attractions ils jetteraient leur dévolu. Il y en avait pour tous les goûts, plus ou moins tempétueuses. L'attention de Benjamin fut attirée par deux grosses boîtes à rêver[13]. Il s'en approcha, curieux de leur contenu. « Véritable corne de licorne », avait-on écrit sur un petit carton sous ce qui était en fait un rostre de narval. Devant la seconde boîte, Violet pouffa en découvrant une main de momie à côté de laquelle était épinglée la légende grandiloquente : « main momifiée de la reine Cléopâtre ». Son frère soupira derrière elle.

— Eh bien, si tout est du même tonneau ! Arnaque et compagnie.

Sa sœur leva les yeux au ciel.

— Ohlala, déride-toi, Perty ! Tu ne vas pas faire le rabat-joie tout l'après-midi, quand même ?

Pour sa part, elle était visiblement transportée d'enthousiasme. C'était un plaisir à voir. Benjamin jugea intérieurement qu'une petite parenthèse de fantaisie n'allait pas leur faire grand mal. Il devait bien admettre que, si lui se plaignait à l'occasion d'avoir une vie par trop monotone, une jeune fille noble comme Violet avait encore moins l'occasion d'accéder à ce type de libertés. Lord et Lady McMuir étaient particulièrement permissifs avec leurs deux enfants, du moins c'est ce que répétait à l'envie la mère de Benjamin ; cependant, la bienséance restait la règle à suivre dans leur milieu et les jeunes filles devaient s'y tenir plus que tout autre. Enfin… pas aujourd'hui, visiblement ! Tel un oiseau agile, le regard vif de Violet se porta quelques mètres plus loin, sur un stand de courses de chevaux mécaniques autour duquel de nombreuses personnes s'étaient amassées.

— Pourquoi n'essayerions-nous pas celui-là ! Il a l'air épatant !

Elle se saisit aussitôt du bras de Benjamin et détourna ce dernier de son observation de la vitrine garnie de chimères pour l'entraîner vers l'attroupement. Debout sur une chaise, un camelot haranguait la foule d'une voix de stentor. Il avait une bouille affable, les joues rouges et une impressionnante moustache en guidon de vélo. Son gilet constitué de carrés de tissus chamarrés était esthétiquement atroce, mais diablement efficace pour attirer l'œil.

— Un demi-penny, rien qu'un demi-penny la course !
Il nous faut des concurrents ! Qui se lance ? Le plus adroit,
le plus rapide est peut-être parmi vous ! brama-t-il à pleins
poumons.

— Moi ! cria Violet.

Son frère grinça des dents et quelques rires se firent
entendre parmi le cercle des spectateurs.

Le forain moustachu pointa Violet du doigt avec un
large sourire.

— Une intrépide cavalière ! Qui d'autre ? s'époumona-t-il tout en tapant sur l'épaule d'un aide qui s'affairait à ses côtés
et à qui il désigna la jeune fille.

— Mais tu ne sais même pas en quoi ça consiste !
houspilla Rupert, tandis que d'autres participants se faisaient
connaître.

— Et alors ? Je doute que cela soit si compliqué, siffla-t-elle, gênée que son frère puisse contester sa capacité à
comprendre un simple jeu d'adresse.

Benjamin eut une idée :

— Lui aussi veut jouer ! lança-t-il en levant de force la
main de Rupert.

— Un de plus ! Et nous voilà avec déjà cinq participants !
Messieurs, Mesdames, il m'en faut sept en tout, ne soyez pas
timides ! commenta le forain.

Devant la mine estomaquée de son frère, Violet éclata
de rire de façon fort peu élégante. Benjamin ne parvint pas à
retenir non plus son hilarité.

— Tu viens de m'inscrire de force ! Espèce de traître !
râla Rupert.

— Je te donne l'occasion de la battre à plate couture.
C'est plutôt un service que je te rends. C'est l'honneur de la
gent masculine que tu dois défendre.

Rupert poussa un souffle exaspéré.

— Comme si on avait besoin de ça, rumina-t-il, en lui renvoyant une bourrade sur l'épaule.

Il sourit néanmoins à ce défi proposé. Comme Benjamin s'y attendait, son camarade le prenait plutôt bien, surtout si c'était là une occasion de se mesurer à sa sœur aînée. Rupert vivait sa relation avec Violet comme une compétition constante : être le premier en classe, être le premier en sport, et parfois être le premier dans le cœur de son ami d'enfance.

Une attitude assez puérile qui avait toujours pesé sur l'harmonie de leur trio, sans grandes conséquences fort heureusement.

Hélas, le léger répit dans l'humeur morose de Rupert se rompit soudainement. Ses traits se tendirent et Benjamin se retourna. D'une démarche souple et assurée, l'assistant du camelot s'approchait d'eux. Il tenait un seau plein de balles colorées. À l'évidence, il venait leur réclamer le prix des tickets. Il semblait à peine plus âgé qu'eux, bien qu'un peu plus grand. Une casquette d'ouvrier vissée sur la tête jetait une ombre sur son visage, cela lui donnait un air mystérieux. Il portait un gilet sans manches aux couleurs passées, des bretelles grises et sa chemise, sans cravate, était parsemée de pièces de raccords. Typiquement le genre de garçon à qui la mère de Benjamin lui aurait défendu d'adresser la parole. Cela fit battre son cœur de façon étrange. Encore un effet de son goût pour l'aventure ?

— Deux tickets, ça vous fait un penny en tout, leur demanda le jeune forain avec un fort accent irlandais et pas qu'un peu d'effronterie dans la voix.

Ce qui eut un effet immédiat sur Rupert, qui prit un air passablement répugné. Benjamin connaissait l'aversion de son ami pour ceux ne voulant pas gommer leur accent prolétaire[14]. *C'est comme ça qu'ils montrent leur insolence, c'est de l'irrespect, de la graine de délinquant*, répétait-il depuis peu en reprenant les poncifs en vigueur au club de gentlemen de son père. Et d'ailleurs, sans surprise, Rupert commença à faire des manières pour trouver son porte-monnaie, ce qui exaspéra Violet.

— Benjamin, tu crois que tu peux nous avancer un penny ? Il semblerait que mon frère soit sans le sou, persifla-t-elle, visiblement gênée.

— Alors je suis le mécène de l'après-midi ? Tu veux que je paye alors que je ne suis même pas inscrit ? Vous réalisez que je ne dispose pas de votre niveau de largesses, mes bons seigneurs ? ironisa Ben pour tenter de détendre l'atmosphère.

Le jeune camelot se tourna vers lui. Son regard étonné s'ancra au sien et Benjamin sentit une chaleur vive lui monter instantanément aux joues. Ce garçon avait un regard magnifique, de véritables yeux de chat, d'un vert pâle intimidant. Il n'en avait jamais vu de pareil. Il resta comme un idiot la bouche ouverte et les joues rouges.

— Vous pourriez, si vous prenez sa place, de toute façon, il a pas l'air de vouloir jouer, votre copain, intervint l'Irlandais en accompagnant ses mots d'un sourire canaille à Benjamin et d'une grimace comique à Rupert.

Ce dernier poussa un ricanement dédaigneux.

— Ne commence pas à essayer de soutirer de l'argent à mon ami, toi. Pff, tous pareils, grogna-t-il en jetant la pièce d'un penny, qu'il avait enfin trouvé, au pied de l'Irlandais.

Celui-ci fronça les sourcils. Il se permit un coup d'œil vers l'estrade et vers son patron qui lui faisait de grands gestes. Il commença à se baisser pour récupérer la pièce. Il fallait qu'il s'occupe des autres joueurs, mais son envie de répliquer était visiblement très forte. Rupert le sentit et en profita :

— Bon, tu l'as ton penny, *pikey*[15], rapporte-le vite à ton maître comme un bon toutou, railla-t-il pour faire le malin.

Violet poussa un « oh ! » outré et se tourna vers son frère. Le jeune camelot se releva si vite que sa casquette tomba à terre, libérant ses mèches brunes dans un désordre sauvage. Benjamin eut juste le temps et le réflexe de plaquer sa main sur son torse pour le retenir de bondir sur Rupert. Il sentit le cœur du garçon battre fortement contre sa paume et ses muscles se tendre. La colère qui se peignait sur son visage rappela à Ben celle des héros de romans épiques qu'il dévorait en cachette de ses parents. Elle était d'une étrange beauté, magnétique. Son propre cœur se contracta en écho.

— Répète un peu, pour voir ! gronda l'Irlandais, les poings serrés et à deux doigts d'en découdre.

Rupert recula, surpris. À Oxford, parmi son groupe de camarades étudiants, on prenait ce genre de piques acerbes avec flegme et il ne s'était jamais battu de sa vie. Dans la foule autour d'eux, plusieurs personnes s'écartèrent, devinant le grabuge à venir. Cependant, l'altercation n'eut pas le temps de virer au pugilat. Le forain en charge du stand arriva à leur rencontre, massif et courroucé. Quand il avisa l'allure farouche de son assistant, le seau de balles à terre et l'air passablement effrayé de Rupert, son jugement fut immédiat.

— Seán, ta journée est finie : tu dégages, sentencia-t-il en accompagnant son ordre d'un geste rude.

Le sang de Benjamin ne fit qu'un tour devant l'injustice flagrante de la situation.

— Non, attendez, il n'y est pour rien ! C'est mon ami qui s'est montré discourtois, argua-t-il en prenant une attitude droite et ferme pour appuyer ses dires.

L'homme faisait une tête de plus que lui et probablement le double de sa stature. Le forain haussa un sourcil en dévisageant l'avocat impromptu de son employé.

— Ah ouais ? C'est pas lui qu'est dans son tort ? demanda-t-il d'une grosse voix intimidante autant que dubitative.

Tandis qu'à ses côtés, il sentait le jeune Irlandais se faire tout petit, Benjamin ne broncha pas. Les manifestations de colère froide de son propre père étaient plus impressionnantes que cela, bien qu'il n'ait eu que rarement à les subir pour lui-même. Il n'allait pas se rétracter maintenant, question d'honneur.

— Non, ce n'est pas lui qui a commencé, je vous l'affirme. C'est mon ami qui a été particulièrement grossier à son égard, répondit-il le menton haut et le regard planté dans celui de son opposant.

C'est à ce moment que Rupert trouva enfin le courage de se faire entendre.

— Benjamin, tu prends la défense de ce… type ? contesta-t-il, indigné de ce manque de loyauté entre camarades étudiants, si ce n'était entre amis d'enfance.

— Évidemment qu'il prend sa défense, tu t'es comporté comme un imbécile ! le houspilla sa sœur.

— Mais je suis quand même la victime, il a manqué de me bastonner ! se récria Rupert.

— Il ne l'aurait pas fait si tu ne l'avais pas insulté, ajouta Benjamin.

Devant l'imbroglio avéré, le forain baissa les bras et poussa un long soupir avant de conclure à l'intention des jumeaux McMuir :

— Bon, ça suffit. Écoutez, les gamins, la partie va commencer, et je vous l'offre. Installez-vous et on n'en parle plus.

Violet sauta sur l'occasion pour entraîner son frère encore un peu flageolant vers les tabourets près de l'estrade. Benjamin ne les suivit pas tout de suite. L'Irlandais venait de se baisser pour ramasser sa casquette, la pièce d'un penny et le seau de balles. Lorsqu'il se releva, son regard croisa celui de Ben qui sentit à nouveau comme une légère décharge électrique lui traverser le corps et lui couper la respiration. Avant de rejoindre son stand, le forain se pencha vers son assistant pour lui glisser à l'oreille :

— Ce coup-ci, c'est retenu sur ta paie, mais la prochaine fois, c'est la porte.

Benjamin vit le jeune homme serrer la mâchoire.

— Oui, M'sieur Doe, répondit-il entre ses dents.

Il rajusta son couvre-chef et quand son employeur finit enfin par s'éloigner, il tourna son attention vers Benjamin qui osa lui adresser un sourire contrit.

— Je suis désolé pour ce qu'il s'est passé, offrit-il.

— C'est rien, concéda le camelot en lui tendant le penny, à regret visiblement. Benjamin refusa la pièce poliment en lui signifiant qu'il pouvait la garder. Le visage du jeune Irlandais s'anima d'un sourire complice avant d'ajouter d'une voix empreinte d'une vraie gratitude :

— Merci de m'avoir défendu.

— C'est normal. Rupert s'était comporté comme un trou du cul.

— « Trou du cul » ! Ah oui, tu es honnête, toi ! Moi, c'est Seán, au fait.

Il lui tendit une main que Ben accepta derechef de serrer.

— Enchanté. Benjamin Taylor-Binckes, mais tu peux m'appeler Ben.

— Ah bah ça, je vais pas me gêner parce qu'avec tous ces noms, j'risque de pas m'y retrouver ! On est vraiment pas du même monde, pas vrai ? commenta-t-il sans animosité.

Ben retint un rire. Par snobisme ou par extravagance, il aimait à s'affubler des deux patronymes de sa famille. Binckes était le nom de jeune fille de sa mère et il avait toujours été fasciné par les destins rocambolesques de cette partie de l'arbre généalogique. Les Taylor étaient pour lui une succession sans saveur de doctes et assommants ancêtres.

Il n'avait pas lâché la main de Seán. Il remarqua la chaleur particulière de celle-ci, la rudesse de ses doigts, la texture de sa peau. Les détails de ce contact pourtant banal le plongèrent dans un état étrange, hypnotique. Derrière eux, on entendit soudain un tonitruant « C'est parti », puis un tohu-bohu de grincements, de bruits métalliques et de rires. Le jeu de course de chevaux mécaniques venait de commencer. Ben en profita pour se reprendre.

— Je crois que je ferais bien d'aller encourager Violet.

— Elle a du caractère, ta sœur.

— Oh, ce n'est pas ma sœur, c'est ma… commença-t-il à corriger avec désinvolture, mais quand le mot « fiancée » voulut quitter ses lèvres, il s'interrompit. C'est mon amie d'enfance, choisit-il plutôt.

L'espace d'une seconde, il lui sembla que le regard de Seán s'était assombri. Il s'attacha à ne pas en faire grand cas ; cependant, son esprit enregistra ce détail. Les deux garçons se faufilèrent dans la foule pour venir se carrer à l'extrême gauche de l'attraction. Un alignement de tabourets sur lesquels étaient assis les joueurs était placé devant un genre de petites tables de billard inclinées dont les trous auraient été percés au hasard sur toute la surface du plateau. Derrière les tables, il y avait sept rangées de rails en escalier et autant de petits chevaux mécaniques les parcourant. Seán vint se glisser juste derrière Benjamin et, pour se faire entendre au-dessus de la cacophonie ambiante, il se rapprocha encore pour lui expliquer les règles à l'oreille.

— Avec les balles, il faut viser les trous valant le plus de points, le cheval sur le rail avance d'autant. C'est le plus adroit lanceur et donc le plus rapide cheval qui gagne. Ton amie est bien placée, regarde !

Il lui désigna du doigt le cheval numéro 4, tout en posant sa main sur son épaule. Benjamin frissonna. Il ne faisait pas froid, pourtant. Malgré le bruit, malgré la course qui s'emballait et l'excitation des joueurs qui allait croissant, il constata bientôt qu'il ne parvenait pas à se concentrer sur la partie. Ses nerfs étaient chauffés à blanc. Sa gorge était sèche et le torse de Seán pressé contre son dos, son souffle glissant le long de sa nuque, sa main dont chaque doigt semblait s'imprimer sur la courbe de son épaule, tout cela le rendait fébrile. Décidément, qu'est-ce qu'il lui prenait aujourd'hui ?

— Ah mince, c'est ton pote le trou du cul qui est en train de gagner, on dirait, remarqua l'Irlandais en lui montrant le cheval de tête.

Ben sauta sur l'occasion pour briser net sa drôle de transe en lui collant un coup de coude dans les côtes.

— Eh, je ne te le permets pas ! Il n'y a que moi qui puisse traiter Perty de trou du cul ! balança-t-il en gloussant.

— Perty, tu l'appelles Perty ? s'esclaffa Seán.

— Perty, c'est Parfait pour un Préfet Perclus de Préjugés, répondit Benjamin en imitant le ton hautain mâtiné d'accent autrichien de l'un de ses professeurs d'Oxford, monsieur Tansley[16].

Seán le regarda avec des yeux ronds et la bouche ouverte, visiblement partagé entre la surprise et l'incrédulité. Il réprima avec difficulté un sourire, toussa, se redressa et, un doigt sous le nez pour imiter une moustache, il renvoya avec la voix rocailleuse de M. Doe :

— J'crois que l'on ne va pas vous donner l'job, M'sieur Taylor-Biiinckes. Vous êtes le clown l'plus mauvais de tout Londres. Et j'm'y connais en rigolo !

Ce fut au tour de Benjamin d'ouvrir de grands yeux, puis de tenter de ravaler un gloussement.

— Je pense qu'il faut se rendre à l'évidence : on est aussi nuls l'un que l'autre en imitation.

— Même ma p'tite sœur Loreena est plus douée ! acquiesça Seán avec une grimace navrée.

— Elle a quel âge ta petite sœur ?

— Aux dernières nouvelles ? 12 ans ! Mais la dernière fois que je l'ai vue, elle en avait six ! Quand elle a perdu ses dents de lait, elle pouvait imiter ma grand-mère à merveille !

Les deux garçons se regardèrent. Deux secondes s'écoulèrent avant qu'ils ne partent d'un fou rire soudain autant qu'irrépressible. Pliés en deux, ils rirent jusqu'à en pleurer, tant et si bien qu'ils ne virent pas la fin de la course. C'est la voix du bonisseur qui les tira de leur hilarité.

— Et nous avons une gagnante ! Quel est votre nom, jolie cavalière ?

— Violet McMuir

— Mesdames, Messieurs, on applaudit bien fort la charmante Miss McMuir !

Les joues encore rosies et porté par une excitation grisante, Benjamin se joignit avec enthousiasme aux applaudissements des spectateurs et cria le prénom de son amie. Elle finit par l'apercevoir et lui renvoya un salut clownesque. Aux côtés de sa sœur, Rupert était resté assis, défait. Il jeta un regard rageur à Seán en voyant que Benjamin se tenait si près de lui. Il les jugeait : leur proximité, leur flagrante complicité acquise bien trop vite étaient une trahison. Du moins, c'est ce que Ben comprit de ce coup d'œil critique. Il se sentit pris en faute. À coup sûr, il n'échapperait pas à une longue leçon de morale de son ami sur le chemin du retour. Les raisons de ces remontrances futures, il les entrevoyait : il n'était pas bon de fraterniser avec quelqu'un comme Seán : pauvre, saltimbanque, irlandais, le pire cocktail possible ! Pourtant, est-ce que l'on pouvait résumer un individu à ce genre de critères ? À dire vrai, c'était la première fois que Benjamin se posait sérieusement la question. Quelqu'un comme Seán… quelqu'un comme lui… Que risquait-il à le fréquenter ?

— Eh bien, il est toujours aussi possessif ton pote ? commenta justement l'objet des pensées de Ben.

Il n'avait pas manqué l'échange muet entre les deux étudiants et, tel un vrai chat de gouttière, auquel il ressemblait d'ailleurs beaucoup, il avait senti l'électricité dans l'air.

— Possessif ? Non, enfin… en ce moment, c'est compliqué, répondit Benjamin après un soupir désolé. C'est un gars très sympa quand on le connaît. Mais… il traverse une phase.

— Je vois, bon, il faut que je retourne bosser. On va se revoir ?

— Euh, eh bien, je… Sans doute pas. Je ne…

— Tu ne traînes pas dans ce genre d'endroit d'habitude, c'est ça ? plaisanta Seán en coulant un coup d'œil appréciateur à sa tenue oxonienne.

Benjamin fit une grimace gênée. C'était de bonne guerre. Lui aussi s'était permis des raccourcis faciles en voyant les nippes rafistolées de l'Irlandais.

— Non, à l'évidence non, concéda-t-il.

— Je pourrais te faire découvrir le coin, un jour où tu n'auras pas Perty sur le dos.

— C'est tentant, mais je ne sais pas si c'est une bonne idée.

— Je travaille là la semaine et le samedi pendant tout l'été. Si ça devient une bonne idée, n'hésite pas.

— C'est noté.

— À très bientôt, alors, Monsieur Taylor-Biiiinckes, le titilla-t-il en soulevant sa casquette et avec une demi-révérence.

Benjamin ne lui répondit pas. Il lui sourit. Il aurait voulu rester encore, rester des heures à ses côtés. Un drôle de frisson, comme de la peur, comme une prémonition, lui agrippa la nuque. Dans un sursaut, il se retourna vers Violet et Rupert qui lui faisaient signe. Il s'éloigna alors, d'un bon pas, courant presque, bien décidé à laisser son esprit flotter sur les rires, les parfums, les couleurs de la fête foraine. Pourtant, sans qu'il n'y puisse rien, la cadence d'une mélodie nouvelle commençait déjà à s'insinuer entre les battements de son cœur.

1946, septembre

*We'll meet again... Don't know where... Don't know when...
But I know we'll meet again some sunny day...*
La voix aérienne de la chanteuse Vera Lynn[17] se glisse dans un chuchotement jusqu'au bureau de Benjamin. Elle vient du tourne-disque installé dans la salle commune des infirmières et a dû se faufiler entre les lattes des parquets, par les fissures des murs, par chaque interstice du bâtiment, et à présent, elle est là, à chercher une petite faille pour atteindre son cœur. *Nous nous reverrons*, promet-elle. *Menteuse*, pense Benjamin avec amertume, avant de reprendre sa correspondance. Cette chanson et l'espoir qu'elle véhicule ne sont qu'un joli rêve auquel on s'accroche faute de mieux.

« On va se revoir ? »

Depuis cette simple et innocente question, tant de choses ont changé. Tant de choses se sont transformées. La guerre est un créateur de vide, un grand effaceur de vies. Le passé et son insouciance ont été dévorés et d'autres questions ont surgi, faisant remonter des odeurs fanées de nostalgie. Est-ce que le quartier de Shepherd's Bush a vu revenir sa fête foraine ? Est-ce qu'on y sent toujours le pain d'épices et l'herbe que l'on piétine ? Le jeu de chevaux mécaniques fonctionne-t-il encore, animé par la voix tonitruante de l'imposant M. Doe ? Peut-on encore y trouver l'amour dans le regard d'un inconnu ? *Est-ce que l'on se reverra ?* se demande Benjamin. Cette question, cette trop innocente et pas si simple question a maintenant neuf ans d'âge et la réponse se fait attendre.

Benjamin inspire profondément. Il sort de la brume de ses pensées et reprend son travail. C'est une bien belle fin d'après-midi. Un peu trop douce peut-être, et trop calme sans doute, pour un mercredi. D'habitude, c'est le jour des visites. Bruyantes, elles sont comme la marée remplissant le petit dispensaire d'un flot d'émotions. Éprouvantes, elles sont comme le lit d'une rivière qui, après la pluie d'orage, laisse les terres alentour gorgées d'eau.

Cependant, aujourd'hui, il n'y a pas de visite, car il n'y a pratiquement plus de patients. Les lieux ont été vidés de leurs occupants. C'était en début de semaine : presque tous transférés à la campagne, dans une maison de convalescence plus cossue et vaste que cette maisonnette londonienne qui peine depuis six ans à contenir la trop grande détresse de la guerre. Comme partout dans cette ville immense où les logements repoussent pourtant vaillamment de leur terreau de débris, tout est étroit, tout est trop petit. Le Taylor Hospital ne fait pas exception. C'est un minuscule hôpital civil, fondé par l'arrière-grand-père de Benjamin. Il dispose de 32 lits et d'une salle d'opération. Il est situé dans le quartier de Holborn, calme, anciennement campagnard avec ses cimetières abandonnés transformés en parcs et ses maisons à jardinet. Un havre de paix en somme, devenu arche de Noé lorsque, pendant la pluie de feu des bombardements allemands, furent recueillis là nombre de réfugiés de l'East End, ce district martyr de la capitale, cible du Blitz[18], où l'ennemi déchaîna sa férocité.

Benjamin se souvient de ces moments de chaos, d'extrême détresse, de panique profonde. Les blessés que l'on amenait avaient le plus souvent été surpris par un obus, tombé en pleine nuit, sans qu'ils n'aient eu le temps de rejoindre un abri. Il y avait des femmes, des personnes âgées et parfois, plus rarement, des militaires. Peu d'enfants, ces derniers, pour la plupart, ayant été rapidement envoyés en sécurité à la campagne. Sans leurs enfants et sans leurs époux, certaines des femmes que l'on soignait ici n'étaient que des ombres d'humains, des fantômes. Des coquilles vides dont on s'acharnait à réparer les fêlures visibles alors que le vrai mal était à l'intérieur. Le pire des maux : le vide d'amour, la solitude. C'était cette solitude qui les rongeait, aussi sûrement que la rouille attaquait sans relâche le fer des lits du dispensaire.

La solitude, abysse sans fond, désert sans fin, où la seule certitude est le manque de l'autre. Benjamin connaît ce mal, viscéralement. Hélas, il a beau être médecin, il ne sait pas comment soigner une âme amputée. Et, un an après la guerre, elle est bien là encore, la solitude, à s'accrocher aux murs, à vouloir ternir ce beau mercredi qui, pour la première fois depuis des mois, berce tout le bâtiment de son calme groggy.

La salle d'opération est vide, tout comme les deux dortoirs du rez-de-chaussée. Il ne reste que quatre patientes, au premier. Sous les combles, aménagés en salle commune et en petites chambrées, les infirmières font quelques menus travaux pour elles-mêmes tout en discutant. Certaines finissent de nettoyer du matériel ou font des lessives, d'autres cousent. La plupart rangent leurs affaires et vident leurs placards, elles retournent progressivement vivre chez elles maintenant que les déplacements en ville ne sont plus si dangereux. Elles recommencent à vivre. Elles écoutent de la musique.

« On va se revoir ? »

We'll meet again, répond Vera Lynn, et Benjamin, le regard tourné vers la fenêtre, vers le ciel et vers l'espoir, fredonne malgré lui le dernier couplet qu'il connaît par cœur.

CHAPITRE 4

1937, juillet

— Mon chéri, tu es bien rêveur. Quelque chose ne va pas ?

C'était la voix de sa mère qui venait de tinter dans la salle à manger comme une clochette liturgique à la fin d'une lecture à l'église.

La table du petit-déjeuner avec sa nappe immaculée, sa porcelaine délicate, ses toasts parfaitement grillés et ses œufs bien sages dans leurs coquetiers, aurait pu faire envie à n'importe quel adolescent en pleine croissance. Et pourtant, Benjamin n'y prêtait pas attention. Son regard se perdait vers la fenêtre, vers l'arbre et la rue, vers les nuages, bref, vers tout et rien en particulier. Il n'avait pas faim, il n'avait pas la tête à manger. À quoi pouvait-il bien penser ? La réponse était simple, bien qu'inexplicable et on ne peut plus troublante. Elle se résumait à un prénom de quatre lettres : Seán. Le mystérieux et fascinant Seán. Le garçon rencontré à la fête foraine de Shepherd's Bush, celui dont il s'était fait un ami en un temps record. Qui pouvait-il être ? Quelle était sa vie ? Benjamin était hanté par son regard extraordinaire, par sa voix aux tonalités rugueuses, par son sourire taquin, son allure, son insolence. Il se sentait comme envoûté, dévoré de curiosité pour ce quasi-inconnu certainement infréquentable qui avait pris possession de chaque parcelle de son esprit. Il avait même rêvé de lui la nuit ! *On va se revoir ?* Quelle idée ! Il se prit à rougir et, gêné, baissa les yeux sans répondre à sa mère.

— Si tu te sens fiévreux, tu ferais bien d'aller te recoucher, compléta distraitement Clarissa Taylor-Binckes en décachetant une lettre à l'aide de son coupe-papier d'ivoire.

Elle avait pour habitude d'ouvrir son courrier pendant le petit-déjeuner, cela lui donnait des sujets de conversation tout trouvés pour la matinée.

Benjamin ignora cette dernière remarque pour mieux se laisser à nouveau flotter sur le courant de ses pensées. La couleur des yeux de Seán, la forme exacte de ses mains, de sa bouche, de ses épaules... Pour faire honneur à l'héritage paternel, il aurait pu les décrire avec une précision toute médicale. Sauf que, à sa plus grande inquiétude, loin de rester au stade froid et consciencieux de l'observation scientifique, le souvenir des traits du jeune Irlandais avait éveillé en lui quelque chose de bien moins cartésien. Ce quelque chose lui avait déjà, par le passé, effleuré la conscience. Certaines infimes réactions anormales de son corps avaient semé, des jours durant, la graine du doute dans son esprit. Il y avait eu ce picotement de ses doigts lorsque, dans les vestiaires, ses camarades de classe s'amusaient à comparer leur musculature naissante, ce frisson de son échine la dernière fois que Rupert et lui avaient nagé nus dans le lac près du château des McMuir, et enfin cette fièvre nocturne après avoir surpris Flyte et Ryder en train de se masturber mutuellement derrière l'armoire de la salle commune à l'internat. Légères déviances, petites entorses à la norme, il avait fini par juger cela comme étant la simple manifestation un peu exubérante de son entrée prochaine dans l'âge d'homme. Or, là, avec Seán, en un rien de temps et avec à peine plus d'un contact, les sensations s'étaient comme démultipliées, fortes, enivrantes. Ce trouble effrayant, il le pressentait, pourrait se muer en un désir primitif, immaîtrisable, de celui que l'on cache au plus profond de son âme. Cela lui faisait peur.

— Oh, celle-ci est de George ! Il est de retour des Indes depuis hier ! Il doit encore avoir rapporté des choses divines. J'espère qu'il a pensé au pashmînâ[19] que je lui avais prié de trouver, s'exclama posément sa mère.

L'exclamation posée était un art paradoxal que Clarissa savait parfaitement maîtriser. Le jeu de l'exubérance sage, du calme pétillant faisait tout le charme des femmes et de certains hommes de la famille Binckes. Un trait qu'elle disait lui venir de ses racines continentales, comme si toutes les excentricités dans cette famille pouvaient être justifiées ainsi.

En entendant le prénom de son oncle l'aventurier, Benjamin sortit immédiatement de ses réflexions.

— Mère, puis-je aller le voir ? demanda-t-il dans un mouvement réflexe.

Sa mère laissa s'étirer plusieurs secondes de silence, horripilantes, avant de lui répondre.

— Eh bien, je ne sais pas, mon chéri, si tu es souffrant, ce n'est peut-être pas une bonne idée, commenta-t-elle finalement en ouvrant une seconde enveloppe.

Un soupir se fit entendre à l'autre bout de la table. Le père de Benjamin replia son journal et le posa à côté de sa tasse.

— Ma chère, Benjamin sera bientôt fiancé. Il va vous falloir renoncer à le voir comme un garçonnet timide et lui laisser prendre la main sur son emploi du temps.

— Certes, mon ami ; toutefois, la sortie d'hier avec les petits McMuir l'aura peut-être fatigué, est-ce bien raisonnable de le laisser courir les rues ?

Eduard Taylor fronça les sourcils, cela eut pour effet d'assombrir instantanément son regard bleu nuit, une teinte profonde et peu commune dont Benjamin avait hérité. Pour le reste, et notamment quant au tempérament, il tenait davantage du côté de sa mère, cette famille Binckes faite de fortes têtes et de caractères passionnés. Eduard Taylor représentait pour Benjamin la quintessence de l'ennui, bien qu'il reconnût en lui un homme d'une droiture exceptionnelle. Ayant traversé la Première Guerre mondiale comme médecin des tranchées, Eduard Taylor était réputé pour son exceptionnel sang-froid. En toute circonstance, il savait rester stoïque et choisir ses mots. Ceux qu'il exprimait comme de simples remarques étaient à prendre comme des ordres. Ainsi dirigeait-il son hôpital et ainsi en était-il au sein de son foyer. Clarissa, lassée par la conversation et pratiquant les humeurs de son époux depuis vingt ans, reconnut l'inutilité d'argumenter :

— Bien, bien, comme il vous plaira, opina-t-elle de bonne grâce, bien qu'un peu pincée.

Comme son fils, elle rechignait à suivre les ordres, tout en s'y pliant toujours au final. Benjamin, dont l'intervention de son père servait la cause, ne cacha pas son contentement.

— Merci, Père ! lança-t-il, enthousiaste, tandis que celui-ci était déjà replongé dans sa lecture.

Ragaillardi, l'adolescent engloutit un œuf, deux toasts et une bonne rasade de thé, puis demanda à quitter la table pour pouvoir se préparer et courir chez son oncle. Il avait besoin, viscéralement, de sortir, de s'aérer l'esprit, de se changer les idées, bref, de faire taire la petite voix qui lui murmurait depuis la veille : *On va se revoir ?*

***

En milieu de matinée, Benjamin sonna au 144 Field Lane du quartier de Saffron Hill[20]. La façade blanche de l'hôtel particulier de son oncle, serrée entre deux bâtiments sévères de cette rue sombre, était parfaitement excentrique avec ses sphinges blanches sur le perron et son heurtoir de porte en forme de gueule de monstre. On aurait dit l'entrée d'un musée, ce qui n'était pas si éloigné de la vérité, à bien y réfléchir. Comme à l'habitude, c'est Miss Keats qui ouvrit. Elle vivait là depuis toujours, ou en tout cas d'aussi loin que Benjamin pouvait s'en souvenir. Tour à tour cuisinière, gouvernante, femme de chambre et parfois secrétaire, antique et fanée, elle faisait partie des meubles, de la décoration et de l'ambiance, aussi bien que les porcelaines chinoises, les sculptures indiennes, ou l'une des innombrables étrangetés peuplant la demeure de l'oncle George. Miss Keats était si discrète que, parfois, elle aurait bien pu s'être muée en plante verte que cela n'aurait surpris personne. Son maître était fantasque et imprévisible, néanmoins, jamais une seule plainte ne s'échappait de la bouche de la loyale domestique. Il est vrai que sa place était idyllique. George Binckes, attaché d'ambassade en dilettante et héritier des prospères manufactures Binckes, n'étant pas marié, elle était reine de ce palais les trois quarts de l'année. Pas d'épouse pour la tyranniser, Miss Keats était le référent féminin de la maison. Son rôle consistait à maintenir les lieux toujours prêts à accueillir un éventuel séjour du propriétaire qui débarquait une à deux fois par an, généralement sans prévenir, accompagné de caisses remplies de merveilles. Le plus souvent, il se laissait trois à quatre mois pour tout classer et se faire voir dans les clubs d'archéologues-ethnologues-trucologues amateurs peuplant la capitale, puis repartait vers les horizons lointains de l'Empire britannique. Quelle vie extraordinaire. Et quel adolescent pouvait résister au magnétisme d'une telle personnalité ?

— Monsieur Benjamin, il est si bon de vous voir, couina Miss Keats de sa voix de crécelle. Maître Binckes, votre neveu est là !

— Faites-le entrer, je suis dans la bibliothèque ! tonna une voix claire, suite à quoi la fluette sexagénaire s'effaça pour laisser passer le jeune visiteur.

Benjamin traversa sur sa droite une belle et large pièce tendue d'étoffes du Pendjab[21], c'était le salon de réception. Il n'était pas difficile de deviner que son voyageur-collectionneur d'oncle venait de rentrer depuis peu : les lieux étaient un chaos incommensurable. Boîtes, paquets, malles, coffres, objets divers emballés ou en partie déballés, on pouvait aisément se croire dans un souk. Benjamin enjamba une longue caisse en bois ressemblant à un cercueil – fichtre, oncle George avait-il ramené une momie ? – et finit par atteindre l'antre de l'archiviste de la famille. La bibliothèque où il pénétra était très peu éclairée. La lumière, connue comme étant le pire ennemi des tissus anciens et des délicates aquarelles, poussait l'oncle George à vivre chez lui tel un vampire, dans une semi-obscurité quasi constante. Benjamin le trouva assis dans un confortable fauteuil, au milieu de piles d'objets et documents hétéroclites.

— Bonjour, oncle George.

— Ah, mon neveu, l'espoir de notre lignée, l'étoile montante de la famille, comment vas-tu ? déclara le susnommé en se levant pour saluer son visiteur.

À cette tirade d'accueil, Benjamin ne put taire un gloussement. Il avisa le monceau d'étrangetés entourant son oncle.

— Mazet, vous avez encore trouvé des trésors, mon oncle !

— Hum, en effet, je n'ai pas perdu mon temps, répondit celui-ci, pas peu fier et s'amusant à entortiller sa fine moustache.

À peine quarantenaire, drapé dans une robe de chambre de soie safran, bel homme et sûr de lui au point d'en être irritant, George Binckes était un modèle pour Benjamin depuis sa plus tendre enfance. Un tempérament flamboyant et charismatique qui faisait un terrible contraste avec celui de son propre père. Les deux hommes ne s'appréciaient d'ailleurs pas beaucoup ; toutefois, comme tous vrais gentlemen respectables, ils avaient appris à se détester cordialement.

— Avez-vous fait bon voyage ?

— Oui, non, en partie oui et en partie non. Cela n'a aucune forme d'importance, répondit-il en doublant ses mots d'un geste d'indifférence avant d'enchaîner sur un autre sujet. Je suis passé par Amsterdam pour continuer mon enquête sur notre fameuse aïeule : la mystérieuse dame du domaine Van Leiden ! reprit-il, un large sourire aux lèvres et le regard pétillant.

Benjamin sentit monter en lui l'excitation de la curiosité. Cette histoire était une des légendes les plus passionnantes de la famille. Tout tournait autour de cette Lisa Binckes, née en 1733 dans un hameau en Hollande, qui avait, disait-on, hérité de la fortune d'un riche propriétaire local, Aloys Van Leiden, un passionné de plantes exotiques. Ni sa fille, ni sa maîtresse, simple rejeton d'un couple de domestiques attachés au domaine, personne ne savait pourquoi cette jeune Lisa Binckes s'était trouvée à la tête d'une fortune de cette importance. Fortune qui avait permis à sa nombreuse descendance de vivre dans l'aisance et, grâce à un sens aigu de l'investissement, de prospérer pendant deux siècles. La mère de Benjamin, l'oncle George et par logique Benjamin lui-même étaient des descendants de cette Lisa Binckes.

— Sait-on enfin comment elle a fait pour transmettre son nom de baptême à ses enfants ? Et pourquoi l'héritage Van Leiden lui est revenu ? demanda-t-il, aiguillonné par la curiosité.

— Minute, moussaillon. Va me chercher le 4e tome de l'herbier Van Leiden, celui qui est annoté par Turing, je voudrais vérifier quelque chose.

Benjamin alla se saisir de l'imposant in-folio[22]. Il l'ouvrit sur un lutrin. Les marges des pages aquarellées étaient  couvertes de notes manuscrites à l'encre délavée par les siècles. Des caractères d'alphabets extra-européens se mêlaient à l'écriture emportée de J. Turing, confirmant la légende familiale comme quoi l'assistant de l'illustre ancêtre fondateur de la fortune des Binckes était polyglotte. D'autres légendes flottaient autour de la personnalité de l'auteur de l'herbier, Aloys Van Leiden, et celle de son mystérieux assistant, Johan Turing, des histoires romancées, romanesques, mariant aventures au long cours et amours illicites. Seul l'oncle George se hasardait parfois à en évoquer certaines, le reste de la famille préférant jeter un voile pudique sur la question. Autres temps, autres mœurs, disait-on.

— Voilà, je le savais ! C'est la même écriture !

L'oncle George, qui s'était penché par-dessus son épaule, désigna à Benjamin quatre mots au bas d'une page de titre. Puis il se saisit d'une sacoche posée au sol près de son bureau et en sortit un dossier contenant plusieurs clichés, des reproductions de documents d'archives. Il les tendit à Benjamin.

— C'est l'écriture de Lisa. Elle est bien reconnaissable. Regarde ! J'ai eu ces tirages aux archives municipales d'Amsterdam. Il s'agit d'une pièce du testament d'Aloys Van Leiden, écrit sous sa dictée, comme cela est précisé ici, par Lisa Binckes, et lui faisant acte de donation du domaine. On est en 1761, un an avant sa mort. Et il précise que la serre, son cabinet de travail ainsi que son lit seront laissés à l'usufruit du capitaine Johan Turing jusqu'à ce que celui-ci le rejoigne, je cite, au « Royaume de Notre Seigneur ».

Benjamin relut deux fois les termes employés.

— Son *lit* ?

— Oui, étonnant, n'est-ce pas ? Nous avons là : soit un cas de legs d'un élément de mobilier fort coûteux, geste relativement répandu à cette époque[23], soit une confirmation d'une de mes hypothèses les plus scandaleuses, dont, pour ce qu'en sait ta mère, tu n'as jamais eu connaissance, ironisa George avec un clin d'œil entendu à l'attention de son neveu.

Benjamin pouffa de rire.

— Bon, ces histoires d'infâmes enfants de Sodome mises à part, compléta-t-il en ne réprimant pas lui non plus un sourire, voilà ma preuve que Lisa Binckes était devenue la secrétaire d'Aloys Van Leiden et qu'elle a elle-même annoté le grand herbier.

Dans la tête de Benjamin, les conjectures se télescopèrent.

— Il l'a choisie comme héritière parce qu'il pensait ne pas avoir lui-même de descendance car il était inverti. Et c'est ce qui est arrivé, n'est-ce pas ? Il est mort sans enfant à quel âge ? 60 ans ?

— 56 ans. Turing lui a survécu quelques années. Et il semble que Lisa soit morte presque nonagénaire ! On peut supposer qu'elle a régné sur le domaine jusqu'à sa destruction, pendant les guerres napoléoniennes. Après, on perd sa trace en Allemagne. Pour la question de son patronyme, je n'ai toujours pas de réponse. Est-ce qu'elle aurait eu son fils cadet, notre ancêtre, hors mariage ?

— Eh bien, quel destin !

— Et quel scandale, surtout. Je vais encore faire sensation au prochain repas de famille, s'amusa George tout en reclassant les photographies dans une pochette.

Benjamin referma le grand herbier, l'esprit soudainement assombri. Il rangea l'ouvrage à son emplacement dans la bibliothèque. Était-ce l'enthousiasme de son oncle pour ces amours masculines d'un autre temps ou le poids de ses propres tergiversations ? Un peu des deux, sans doute. Sentant qu'il avait peut-être là l'occasion de se soulager le cœur, au moins en partie, il glissa tout bas :

— J'espère que cela fera diversion après l'annonce que doit faire Mère.

George se tourna vers lui, sincèrement intrigué.

— Oh, quelle est cette mine maussade ? Je pressens une nouvelle lubie de ma chère sœur. Raconte-moi donc le drame qui se prépare chez les Taylor ?

En s'asseyant sur un gros coffre, Benjamin soupira et avala sa salive avant de répondre, les yeux rivés sur les motifs du tapis persan.

— Eh bien... non, ce n'est pas ce que l'on peut appeler un drame. C'est même censé être tout le contraire : je dois me fiancer au printemps prochain.

George regagna son fauteuil, le visage redevenu sérieux.

— Tu *dois* te fiancer et non tu *veux* te fiancer. Sans faire dans la théorie freudienne de bas étage, je devine que le choix du verbe a toute son importance.

Benjamin poussa un nouveau soupir en baissant les yeux.

— C'est avec la petite McMuir, je suppose, hasarda George. Ton père ne veut toujours pas démordre de cette histoire de promesse ? Ah, ce cher Eduard et son incurable sens de l'honneur. Et alors, où se situe le problème ? Cette Miss McMuir est donc une harpie ?

Ben releva le nez vers son oncle, qui le regardait avec un sourire bienveillant. Tout cela n'aurait pas dû être si compliqué à expliquer. Jusqu'à présent, la perspective de ses fiançailles avec Violet ne l'avait pas vraiment tourmenté. Avec elle, il avait traversé les facéties de l'enfance, les premières complicités de l'adolescence et même les timides expérimentations de l'âge adulte. Si ces dernières, quelques baisers et frôlements timides, ne lui avaient pas laissé un souvenir impérissable, il pouvait se réconforter en admettant qu'épouser sa meilleure amie fût un destin plutôt enviable. Mais voilà, depuis la veille, un affreux doute s'était insinué dans son esprit. Un doute. Un immense, colossal, horrible doute qui résonnait en lui, bouleversant ses certitudes et se moquant de son habituelle insouciance. Ce doute avait pour prénom Seán. C'était absurde, mais voilà, c'était là et bien là, comme un rocher au milieu d'un ruisseau. Ce qu'il ressentait ? Il n'en savait rien. C'était plus que de la curiosité. C'était autre chose qu'une amitié naissante. C'était une excitation étrange, dangereuse.

— Non, non, loin de là. Violet est… Comment vous la décrire ? Elle est jolie et amusante, et intelligente aussi. C'est une amie, c'est la plus chère amie que j'aie. C'est… En vérité, ce mariage est dans la logique des choses, admit-il, penaud.

Vraiment, à y réfléchir, Benjamin ne trouvait aucun fondement au drôle de sentiment qui lui hantait le cerveau.

— Diantre, on croirait entendre ton père. Mon cher neveu, sache que la logique et l'amour sont les pires ennemis du monde. Il n'y a que tes parents pour croire encore à ces prêchi-prêcha de pasteur. Enfin, soit. Mais je suis un peu surpris par la précipitation avec laquelle ce futur mariage s'organise. Que s'est-il passé ? Tu n'as pas été trop entreprenant avec la demoiselle, par hasard ? glissa George, taquin.

Benjamin vira instantanément au rouge tomate.

— Non ! Non, non, pas du tout ! C'est que… Violet a 20 ans l'année prochaine et Mère a appris qu'elle commençait à recevoir de l'attention de la part de plusieurs très bons partis et que si on n'y prenait garde…

— … tu pourrais te voir souffler ta noble fiancée par un duc ou un comte, déduisit George fort justement.

Son neveu lui répondit par une moue affirmative.

— Bon, au-delà du fait que vous fiancer à vos âges est pour moi du dernier ridicule, si elle est si charmante, qu'est-ce qui te chagrine ?

Et voilà, la question était posée. Pourquoi diable avait-il eu l'idée saugrenue de se lancer sur ce sujet scabreux ? Sans doute parce que, parmi ses proches, l'oncle George était le seul à pouvoir éventuellement le comprendre ou au moins lui laisser la possibilité de s'exprimer sans crier au drame. Après tout, le fringuant diplomate poursuivait depuis des années des indices concernant une mystérieuse aïeule ayant fait un enfant hors mariage avec la bénédiction d'un couple d'hommes. Benjamin avait besoin de l'écoute d'un être bienveillant qu'un tel questionnement n'ébourifferait pas outre mesure. Le sentiment qui lui vrillait les tripes et lui embuait le cerveau lorsqu'il pensait à Seán pouvait tout aussi bien être une farouche curiosité, un caprice d'aventure, trois fois rien en somme et pas besoin de crier au loup. Néanmoins, et si par malheur il s'avérait que les symptômes étaient ceux d'un mal plus profond ? Un mal qu'il avait du mal à nommer, ou à s'avouer. Il le sentait, là, tapi, à attendre son heure pour être dévoilé. Cette rencontre improbable avait créé en lui une faille, un « et si » qui remettait en question beaucoup de choses. Quelques minutes de rien du tout, un échange de rires, une poignée de main, une chaleur au creux des reins, une myriade d'étranges sensations, intenses et terrifiantes qui lui avaient semblé venir d'un autre monde que celui, confortable, de l'enfance. Le simple sourire de Seán, son regard posé sur lui, charriait un désir cru, un vrai désir d'adulte. Et si c'était cela qui s'était glissé sous sa peau, dans ses veines ? Il n'osait deviner le poids des conséquences d'un tel sentiment. En parler, même à mots couverts, pourrait peut-être suffire à désamorcer ses tourments et lui remettre les idées en place. Si seulement il savait ce qu'avoir les idées en place pouvait bien être !

— Eh bien, je... euh, je... Puis-je vous poser une question personnelle, mon oncle ?

— Allons-y, je suis tout ouïe.

— Êtes-vous déjà tombé amoureux ?

George le regarda fixement pendant plusieurs secondes. Derrière son front haut, Benjamin s'imagina voir les rouages de ses raisonnements se mettre en branle. Comme il pouvait s'y attendre, la réponse fut passablement complexe.

— Ah, l'Amour ! La grande question qui fait tourner le monde ! commença George en décroisant les jambes et s'étirant confortablement dans son fauteuil. Ça oui, j'ai aimé, beaucoup, peut-être un peu trop selon ta mère. J'ai aimé sans être aimé en retour, et crois-moi, c'est fort désagréable. J'ai aimé passionnément jusqu'à la lassitude, c'est épuisant. J'ai admiré et courtisé sans autre but que le défi, et ça ne m'a pas amené à grand-chose. Et au milieu de tout cela, est-ce que j'ai vécu le véritable amour ? Il n'est pas si simple de te répondre. Je te dirais, lâchement mais honnêtement, qu'il s'agit à chacun de se faire sa propre échelle de mesure. Si tu veux mon avis, l'amour est un sentiment positivement insaisissable sur le plan philosophique.

Benjamin ne pouvait se satisfaire d'une telle réponse. Le sang de médecin qui coulait en lui, fruit d'au moins trois générations de Taylor, réclamait des données plus précises.

— Et comment est-ce lorsque l'on est amoureux ?

— Comment ? Tu veux une description physiologique, le mieux est de demander à ton père ! Non, je retire ce que j'ai dit, il est sans doute le moins bien placé pour savoir de quoi il retourne. Plus sérieusement, c'est assez indéfinissable. Parmi les symptômes courants, il y a le fait de sourire bêtement dès qu'elle te regarde, d'avoir le cœur qui bat dès que tu entends sa voix, d'avoir le rouge aux joues dès que tu penses à elle...

Dans la tête de Benjamin, de façon saugrenue, les « elle » se transformèrent en « lui » et, en s'imaginant les beaux yeux rieurs de Seán, ses pommettes passèrent au rose pivoine. George le remarqua, bien entendu.

— Tu me sembles déjà fort contaminé. Je ne voudrais pas m'avancer, mais tu n'étais certainement pas en train de penser à Violet McMuir, sinon, nous n'aurions pas cette discussion, je me trompe ?

Ben baissa le nez à nouveau, mortifié, et répondit par un soupir négatif. George enchaîna aussi sec.

— Et, à moi de te questionner cette fois, d'où sort-elle cette belle inconnue qui semble empoisonner la, pourtant si sage, cervelle de mon cher neveu ? Décris-moi ce que tu ressens ou du moins à quoi elle ressemble. Nous parviendrons peut-être à un diagnostic.

Benjamin fit une grimace et se passa la main sur le visage avec embarras. Décrire Seán, son regard farouche, sa bouche rieuse, ses mains de travailleur, sa taille, sa silhouette ? Décrire l'effet que ce beau garçon lui faisait ? Mauvaise idée. Son oncle était, certes, particulièrement ouvert d'esprit, mais tout de même, Ben n'était pas naïf au point de croire qu'une telle révélation ne porterait à conséquence. Bien sûr, les amitiés tendres entre adolescents du même sexe étaient monnaie courante dans les *public schools*[24] ; cependant, dans les familles concernées, il était d'usage de ne pas en parler et d'attendre que cela passe, à l'instar de la plupart des lubies de l'adolescence. Ses professeurs avaient, à l'occasion d'un cours de civilisation antique, abordé le sujet en le qualifiant d'horrible vice grec[25], cela donnait le ton ! Alors, n'osant pas être parfaitement honnête, Benjamin trouva un pis-aller :

— C'est une personne que j'ai rencontrée à la fête foraine, de très beaux yeux verts, beaucoup de caractère, vous diriez piquante, lâcha-t-il pour toute réponse.

— Fichtre, une belle bohémienne, une Esmeralda à sauver. Je reconnais bien là ton esprit d'aventure. Ta mère avait raison, je n'aurais jamais dû t'offrir cette anthologie de Victor Hugo. *Ces Français et leur romantisme extravagant !*

L'imitation du ton pincé de sa mère Clarissa n'était pas loin d'être parfaite et permit à Benjamin de reprendre les rênes de sa nervosité en riant de bon cœur.

— Vous ne seriez pas un peu en train de vous moquer, oncle George ?

— Il faut bien. Tu m'as l'air pitoyablement chagrin, alors que je parie que tu n'as même pas échangé plus de trois mots avec cette damoiselle. Si tu veux mon avis, tu ferais bien de t'amuser un peu avec elle, de profiter de ton été pour te faire la main, parce que si, comme tes parents le souhaitent, tu finis marié dans quelques mois, tu n'auras pas d'autre occasion de jeter ta gourme.

George prit un air de conspirateur et Benjamin avala une profonde inspiration. *On va se revoir ?* répétait la petite voix dans sa tête.

— Si Mère ou Père entendait cela... Je ne sais pas si ce genre de conseil...

Son oncle le coupa.

— C'est pour ce genre de conseil que tu m'as demandé mon avis à moi, et non à ta mère.

Il n'avait pas tort, néanmoins...

— Je ne sais pas comment... la revoir.

— Retournes-y à cette fête. Retrouve-la.

Le cœur de Benjamin se gonfla d'un peu d'espoir. Cela paraissait si simple, si accessible.

— Tout seul ? Je n'ai pas le droit.

— Disons que je te couvre. Si on me demande, nous sommes tous les deux sortis au club. Ne rentre pas trop tard tout de même, pour ne pas éveiller les soupçons. Il y a des limites à ce que je suis capable de faire gober à tes parents. Et sinon, pour ma simple gouverne et en cas de catastrophe imminente, puis-je savoir où se trouve cette mirifique fête foraine ?

— Banlieue ouest. Shepherds' Bush. Le long des studios de cinéma.

— Bigre, ce n'est pas la porte à côté. Elle n'est pas trop vérolée ta fille de bandits, au moins ? Si ton père apprend que tu as attrapé la chaude-pisse à l'arrière d'une roulotte, je te prie de croire que tu seras privé de sortie jusqu'à tes 50 ans !

Benjamin essaya de s'imaginer dans la situation de pouvoir examiner Seán entièrement nu, de vérifier si sa verge était… était… Son cerveau se noya instantanément dans la gêne et l'excitation.

— Non, non, je… je ne crois pas, balbutia-t-il, mort de honte.

— Tu ne crois pas ? Eh bien, avant de te laisser partir en expédition gaillarde, je crois que j'ai deux-trois choses à t'expliquer sur les femmes et les mycoses. Miss Keats ! s'époumona George soudainement. Apportez-nous des sandwichs et du thé, je vous prie.

Ils furent servis dans les cinq minutes, à croire que la véloce domestique avait anticipé la demande. Lorsqu'elle déposa la théière sur la desserte près de leurs fauteuils, elle commenta d'une petite voix pincée :

— Monsieur aura-t-il besoin d'autre chose ?

— Oui, que mon habit soit prêt dans une petite heure, Benjamin et moi allons au club des mycologues londoniens, il y a une conférence cet après-midi que nous ne voulons pas manquer.

Miss Keats releva un sourcil et Ben enfonça la tête dans ses épaules. Son oncle s'empara d'un triangle de pain garni de poulet mayonnaise et avant d'en engloutir un morceau, il ajouta avec un immense sourire :

— Quelle joie d'avoir un neveu qui se découvre une passion pour les champignons !

Benjamin faillit s'étrangler.

CHAPITRE 5

1946, septembre

Ainsi avait toujours été l'oncle George, faisant de l'humour là où beaucoup auraient choisi la réprimande, la leçon de morale ou encore l'indifférence pincée. Avec le recul des années, Benjamin se dit que la bienveillance de son oncle a peut-être une autre signification, un autre sens caché, l'indice d'un passé dissimulé. Peut-on imaginer que cet homme à femmes ait aussi eu de ces amitiés de collèges, dévouées jusqu'à la passion, qui indisposaient autant les professeurs, les institutions que la famille ? Sinon, comment expliquer, par exemple, qu'il entretenait une telle fascination pour leur ancêtre notoirement inverti ?

Le jeune médecin écarte cette hypothèse d'un mouvement de tête las. Il ne s'agit sans doute que d'une supputation hasardeuse, faite après-coup et avec la complaisance dont on fait preuve lorsque l'on cherche des soutiens autour de soi. George Binckes était surtout un pur produit des années folles, éclatant d'impertinence et d'envie de vivre. Un tel homme n'avait eu pour credo que *carpe diem*, quoi qu'il en coûte. Pour lui, tout pouvait être curiosité et aventures.

Benjamin sourit en repensant au rire franc de son oncle. Une drôle de bonne fée dans ce conte à dormir debout. Il se revoit euphorique sauter dans le métro, refaire le chemin menant à la fête foraine en courant presque, puis partir tel un trappeur du Grand Nord à la recherche de Seán dans l'enchevêtrement des baraques de foire. Une véritable et improbable expédition, au résultat effrayant de conséquences. Des conséquences si belles et si tragiques qu'il ne sait pas s'il doit regretter à présent sa témérité et son inconscience ou s'il doit chérir ces moments comme autant de reliques d'un bonheur disparu. Il se demande, oui, il ne peut s'empêcher de se demander si Seán a regretté, lui, de le voir surgir dans sa vie ?

Depuis cet après-midi nimbé d'une légèreté irréelle, Benjamin s'est bien souvent imaginé dans la tête de son ami ; imaginé ses désirs et ses doutes. Il a essayé de voir au travers des yeux de Seán leur folle insouciance d'adolescents. Il en a presque écrit la trame, comme un roman, comme s'il était lui, comme si, en vivant ensemble aussi intensément des moments tels que ceux-là, ils avaient été capables de fondre leurs deux vies en une seule. Benjamin se demande et même il ne cesse de se demander : qu'est-ce que Seán avait bien pu penser, cet après-midi-là, en le voyant débarquer ?

CHAPITRE 6

1937, juillet.

De la main droite, Seán se tartinait la joue d'une bonne lampée de poudre blanche et de la gauche, il empêchait ses cheveux bruns de lui tomber dans les yeux. Il fallait qu'il mette la dose pour effacer la collection de taches de rousseur qui lui constellait le visage. Il en étala partout sur son nez, son menton, son front, jusqu'à être aussi livide qu'un spectre ; exactement le but recherché. Aujourd'hui, il n'allait pas jouer les clowns, ni les bonimenteurs, mais les revenants cadavériques dans la Demeure de l'Effroi, une baraque de foire où l'on payait quelques sous pour se donner le frisson.

— Eh bien, j'en aurai fait des jobs débiles. Comme si de fausses toiles d'araignées et un type en guenilles poussant des grognements d'outre-tombe étaient de bonnes raisons d'avoir peur, bougonna-t-il tout en se saisissant d'un bouchon de liège noirci à la flamme d'une chandelle.

Avec le noir de fumée ainsi obtenu et un peu d'eau, il fabriquait un maquillage sombre à peu de frais. Tandis qu'il se dessinait des cernes dignes d'un cadavre avec le doigt, lui revint en mémoire la succession des boulots qu'il avait enchaînés après son départ du foyer familial.

Il s'était essayé à toutes les petites entourloupes dans les ruelles crasseuses bordant les distilleries de Dublin du temps où il était encore en Irlande. Des gamins dépenaillés comme lui, il y en avait des centaines, rôdant à la recherche d'un job d'appoint, certains finissant par se trouver une place d'apprenti, d'autres disparaissant on ne savait où. Et puis, il y avait ceux qui partaient vers les États-Unis pour embrasser une vie meilleure. Le grand rêve, l'Eldorado américain ! Et l'Amérique, c'était d'abord New York, terre d'accueil providentielle depuis des décennies déjà. Combien de ses compatriotes avaient grimpé dans un transatlantique pour tenter leur chance là-bas ? Des tas ! Tellement que la plus grande cathédrale de la grosse pomme avait pour nom St Patrick, le saint patron de l'Irlande[26] ! New York, cette ville lui faisait penser à sa sœur aînée : Eanna.

Elle était sa sœur préférée, la seconde maman de la famille, le rayon de soleil de la maison. Ses beaux yeux noisette qui pétillaient et sa tignasse noire éternellement ébouriffée lui donnaient des airs de fille des fées. Elle était grande, fine comme une brindille et avec ça délurée comme pas deux ! C'était elle qui avait pris la mer en premier dans la famille, avec son mari, le beau Finn, un des fils du vieux Moen Byrne, le charron du village. Cela faisait bien dix ans qu'elle était partie. Seán n'avait pas plus de huit ans le jour où le jeune couple avait dit adieu à la terre natale avec, pour tout bagage, deux billets de troisième classe et la promesse d'un Eden moderne pour les accueillir. Elle était enceinte, sa sœur, en prime ! Seán se demandait bien comment elle avait réussi à tenir entre le mal de mer et la promiscuité des cabines où les émigrés s'entassaient pendant des jours. Eanna, elle avait toujours été la plus tenace de la famille. Ah ça, quand elle avait une idée en tête, celle-ci !

Seán porta sa main machinalement à la poche de sa veste. C'est là qu'il avait glissé son précieux calepin noué par un fil de chanvre. Entre les pages couvertes de notes en pattes de mouche, il avait glissé une photo qu'elle lui avait envoyée en début d'année. Sur le cliché, mal cadré, elle posait bien droite dans une robe à pois avec ses deux garçons. Debout les mains dans les poches de son blue jeans, il y avait Brian qui venait d'avoir neuf ans, un petit gars costaud à la mine renfrognée, la même que son père, ce pauvre Finn qui s'était fait sauter le citron en 1929. Et dans les bras de sa mère : Neal[27], quatre ans, qu'elle avait eu avec un Yankee nommé Max Willows. Elle s'appelait Willows, maintenant, sa sœur. Eanna Willows. Ce gosse, le petit Neal, semblait avoir assez de lumière en lui pour éclairer toute la photo. C'était le portrait craché d'Eanna quand elle était môme : tout sourire et échevelé. Mais elle semblait triste, sa sœur, sur ce cliché, changée, vieillie. New York n'avait pas été tendre avec elle. La grande crise, un époux qui se suicide, un remariage, une vie à reconstruire avec un bébé dans les bras. Ce genre de choses vous inscrit le temps qui passe sur le visage.

Seán acheva de se peinturlurer la figure, puis trempa ses mains dans le seau d'eau à ses pieds et les essuya au torchon accroché près du miroir. Il s'observa un instant. Le maquillage était assez réussi. Il faut dire qu'il avait les yeux tellement clairs qu'avec le noir de fumée le rehaussant, son regard donnait vraiment l'impression d'être celui d'un macchabée. Parfait. Les chalands allaient pousser des cris de terreur lorsqu'il surgirait derrière eux dans l'obscurité de la baraque de foire.

Il sortit de la roulotte de monsieur Doe et traversa la fête pour rejoindre la Demeure de l'Effroi. Machinalement, il détailla la foule des curieux qui se pressaient autour des attractions. Pas de bouille effrontée, pas de sourire complice, pas d'uniforme d'étudiant, en résumé : pas de Benjamin. Seán soupira, un peu déçu. Il aurait voulu revoir ce garçon. Il n'aurait pas su dire pourquoi précisément, mais cela le travaillait depuis la veille. L'image de Benjamin disparaissant dans la foule ne cessait de le hanter. À cet instant, son cœur s'était contracté, douloureusement, puis il s'était gorgé d'énergie, d'espoir.

Cette sensation ne lui était pas étrangère. C'était la même impression que lorsque, à la fin de l'hiver au pays, les brumes froides descendaient du mont Torc jusqu'aux berges du lac Muckross. Cela vous glaçait une dernière fois les graines, les bourgeons et les hommes avant les renaissances du printemps.

Seán croyait aux présages et aux prémonitions. Elle vivait en lui, cette conscience diffuse, cette poussière de culture païenne qui faisait de l'Irlande et de son peuple une terre où la Nature était encore crainte et respectée. Ainsi, dans son esprit, comme un écho des frissons de son Kerry natal, une troublante curiosité avait germé à la suite de sa rencontre avec Benjamin. Tel le liseron, une émotion nouvelle s'était enroulée délicatement autour de ses pensées. Benjamin, il pouvait le pressentir, n'était pas comme les autres. Son regard était différent, son sourire aussi, et puis il avait une façon de frissonner, de rougir. Le connaître, le faire rire, le toucher, le découvrir, Seán en avait éperdument envie.

D'un mouvement de tête, il chassa ses réflexions, comme on se débarrasse d'une feuille qui se pose sur votre crâne. Il était arrivé à la hauteur de la Demeure de L'Effroi. La jeune fille vendant les billets à l'entrée l'accueillit avec une expression à mi-chemin entre la grimace d'épouvante et le sourire d'approbation, signe que son déguisement était réussi. Il rentra et s'installa à sa place dans un coin sombre.

***

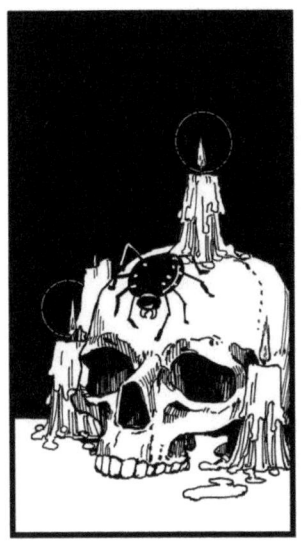

Quelle heure pouvait-il bien être ? *On perd la notion du temps lorsque l'on reste dans le noir,* médita Seán, toujours caché derrière un lourd rideau sentant la poussière. Cette attraction faisait seulement quatre salles. Celles-ci étaient pleines de chausse-trappes et encombrées de meubles rafistolés, d'objets étranges, de fausses toiles d'araignées en draps effilochés et de portraits décrépis d'ancêtres fictifs à la mine sévère. Les décors n'étaient pas très travaillés, toutefois, avec le seul éclairage de minuscules lampes à pétrole ici ou là, il y avait lieu de se croire dans le manoir d'un horrible vampire. On avait même placé un cercueil à demi ouvert dans ce qui figurait la chambre du maître des lieux. Au moyen d'un petit mécanisme actionné par une ficelle, le squelette qui s'y trouvait allongé se redressait d'un coup. Très efficace.

Seán avait eu son lot de hurlements dans l'après-midi, même si les clients ne se bousculaient pas dans l'attraction. D'ailleurs, personne n'était entré depuis plusieurs minutes. Pour un samedi, c'était assez surprenant. Quoique, pas tant que cela. Il faisait si beau dehors que l'idée de s'enfermer dans une baraque glauque n'était pas très réjouissante. Si on lui avait donné le choix, Seán aurait préféré se trouver à baguenauder dans les rues ou à lire dans un parc. Il avait récupéré, dans le terrain vague près des roulottes, un mystérieux recueil de poésies écrites en français. C'était une langue dont il avait appris les rudiments et ce livre l'intriguait, plusieurs textes semblaient très osés et, bien que l'auteur fût un homme, un certain E. Trommer, plusieurs poèmes étaient adressés à un amour incontestablement mâle. Le petit livre à la couverture en partie déchirée était bien au chaud dans la poche arrière de son pantalon. Il avait hâte de reprendre sa lecture. Mais en attendant, il était coincé là.

Bercé par l'inactivité, Seán se mit à repenser à Benjamin et à son accent distingué. *Ce n'est pas ma sœur, c'est ma…* avait dit l'étudiant. « Sa » quoi ? *Mon amie d'enfance.* Mouais, elle sentait le coup fourré cette réponse. Il avait fait une drôle de tête en disant ça, le Benjamin. Un peu comme si le mot l'avait gêné. Violet avec ses airs coquins et son ton de camarade de classe… Et si elle était sa fiancée, plutôt ? Un joli brin de fille, bien balancée et puis avec de grands yeux à la Bette Davis. Pas impossible. Sauf que la demoiselle faisait plus âgée que Ben. Lui avait quoi ? 16-17 ans ? Oui, pas plus. Là-bas au pays, ça se faisait souvent de se marier très jeune, alors pourquoi pas aussi chez ces richards d'Anglais. Il pouvait très bien être fiancé à cette Violet peu timide. Mais alors, ça voulait dire que Benjamin lui avait dissimulé la vérité. Bizarre comme cette minuscule idée ne cessait de lui coller un poids dans l'estomac.

Non, Ben n'était pas du genre menteur. Et il n'avait pas semblé faire très « fiancé » au bras de cette minette pétulante. Non, il était en train de se monter la tête avec cette histoire de fiançailles. Ou alors Ben était coincé par un mariage arrangé ! Une affaire d'honneur ? Seán faillit se passer la main sur le visage et se rappela au dernier instant que celui-ci était couvert de maquillage blanc. Une affaire d'honneur : n'importe quoi. On ne voyait cela que dans les films, et puis d'abord, qu'est-ce qu'il en savait que Benjamin était menteur ou non ? Il ne l'avait côtoyé que vingt minutes, tout au plus !

Un grincement le tira de son labyrinthe de scénarios romanesques : quelqu'un venait de s'approcher du cercueil dans la pièce d'à côté et le plancher truqué avait fait son office pour l'alerter. Reprenant rapidement ses esprits, il s'empressa de tirer sur la cordelette pour déclencher le réveil du squelette. Faute d'un cri de terreur, il entendit seulement un hoquet de surprise, suivi d'un commentaire amusé :

— Pas bête l'astuce de la ficelle ! Celle-là, je la retiens.

Seán sentit son cœur prendre un élan soudain. Cette voix ? Alors ça, c'était trop fort ! Benjamin ! Vraiment ? Non. Il ne voulait pas y croire. Seán jeta un œil dans l'angle du miroir reflétant la pièce d'à-côté. Il en eut la respiration coupée. C'était Benjamin. L'étudiant était en train de tester avec curiosité la souplesse du mécanisme permettant de faire sauter le squelette du cercueil. Il tirait sur la ficelle, regardait derrière la boîte. C'était donc bien lui, en chair et en os. Seán en resta plusieurs secondes bouche bée tandis que son esprit se lançait dans un ballet de supputations, toutes plus incongrues les unes que les autres. Benjamin était revenu à la fête foraine deux jours de suite. Pourquoi ? Pour profiter des attractions ? Pour le revoir ? Oui ? Non ? Une chose était sûre cependant : envolées les histoires de fiancée, d'honneur et de mensonges, peu lui importait tout ça, il était fou de joie et son cœur fit une nouvelle pirouette dans sa poitrine.

En entendant les bruits de pas se rapprocher de la dernière pièce, celle où il se trouvait, Seán tenta de se calmer et se dissimula plus précautionneusement. Dans cette salle, il n'y avait pas de source de lumière, à l'exception de plusieurs miroirs reflétant le faible halo de la lampe allumée dans la salle d'à côté, celle au squelette. Les visiteurs devaient trouver à tâtons la porte de sortie et le rôle de Seán était de se glisser derrière eux pour les terrifier une dernière fois.

La silhouette de l'étudiant se découpa dans l'encadrement de la porte. Pas de doute, c'était bien Benjamin qui entra, méfiant. Le silence dut le surprendre, car à la différence des autres pièces, le sol était recouvert d'un épais tapis assourdissant les bruits et ses yeux ne devaient pas encore être habitués, comme ceux de Seán, à l'obscurité quasi complète. En général, les visiteurs se mettaient rapidement à paniquer et à longer les murs de manière frénétique à la recherche d'une poignée de porte. C'est là qu'il en profitait pour leur sauter dessus.

Au bout de plusieurs secondes, Ben se décida à s'avancer au centre de la pièce. Seán l'observa avec la plus grande attention. Recroquevillé et pratiquement en apnée, il n'avait jamais pris son rôle de spectre autant au sérieux qu'aujourd'hui. Sauf que, pas effrayé pour un sou, les bras le long du corps et la respiration calme, Benjamin ne faisait pas un mouvement, il avait même les paupières closes, semblant plongé dans une intense concentration. *Ce garçon n'est vraiment pas comme tout le monde*, constata Seán en ne parvenant pas à totalement réprimer un pouffement de rire.

— Seán ?

Mince, et il n'est pas sourd non plus !

Benjamin avait ouvert les yeux et cherchait à présent à l'apercevoir parmi les ombres. Seán retint sa respiration et, se faisant aussi furtif qu'un chat, il changea de cachette tandis que Ben se dirigeait lentement vers la source du très léger bruit qu'il avait entendu. Arrivant près du lourd rideau, il poussa un soupir de frustration en ne trouvant rien.

— Je suis sûr que tu es là. Si tu crois que tu vas parvenir à me faire peur, tu te fourres le doigt dans l'œil jusqu'à l'occiput ! commenta-t-il avec un poil d'impatience dans la voix.

Cette fois, Seán se mordit la joue pour ne pas rire. Il n'avait pas la moindre idée de ce que pouvait être l'occiput[28], mais la simple sonorité du mot lui suffisait à prendre cela comme une blague. Pressentant que Ben allait de nouveau le localiser, il décida de continuer ce jeu de la souris qui poursuit le chat et parvint à se faufiler à l'autre bout de la pièce, là où se trouvait une étagère pleine de babioles en ferraille toutes prêtes à tomber dans un bruit d'enfer si un malheureux visiteur venait à passer par là. Pour attirer sa proie, il émit un « booouuuuuuh » caverneux. Benjamin en gloussa carrément.

— D'accord, Seán le spectre, si tu veux jouer à ça. J'ai passé des étés entiers dans un château écossais du XIIIe siècle, alors les fantômes ne me font ni chaud ni froid !

Il vint se replacer au centre de la pièce, les bras croisés sur la poitrine et les yeux clos.

— Je ne bouge pas d'ici tant que tu ne t'es pas démasqué, ajouta-t-il, résolu.

Seán leva les yeux au ciel. *Et têtu par-dessus le marché !*

Il laissa s'écouler dix bonnes secondes. Toutefois, sa patience avait des limites bien plus restreintes que celles de Benjamin. Abandonnant une nouvelle fois sa cachette, il se glissa hardiment derrière l'étudiant. Celui-ci semblait ne pas l'avoir entendu, à moins qu'il ne se soit décidé à jouer la sourde oreille. Seán osa s'approcher encore davantage.

— Bouuuuuh, souffla-t-il très doucement en lui frôlant les épaules du bout des doigts. Ben eut un léger sursaut, mais ne bougea pas davantage.

— Bouuuuuuuuh, insista Seán.

Cette fois, ses lèvres étaient si près de la nuque de Benjamin que l'odeur de sa peau lui emplit les narines : du savon, et un étrange parfum d'encens exotique comme s'il avait traîné dans les arrière-cours des boutiques de babioles tenues par des émigrés indiens. Il s'imbiba de cette odeur, en imprégna sa mémoire. Le cou de Ben était si proche que Seán eut soudain envie d'y poser la bouche, la langue, de le goûter. Il aurait pu l'embrasser, là, juste au-dessus du col blanc de sa chemise. Il ne fit que le caresser du bout du nez. Benjamin frissonna, mais ne s'écarta pas.

— Qu'est-ce que tu fais ? murmura-t-il seulement.

Seán prit une profonde inspiration avant de répondre. Il mit un sourire dans sa voix en la faisant la plus basse possible.

— Je te renifle avant de te mordre, si tu veux savoir, chuchota-t-il au creux de l'oreille de Ben.

Celui-ci soupira, sourit également et rentra dans son jeu.

— Tu es le fameux vampire habitant ce manoir ?

— Exactement, et la morsure fait partie du job. Ça y est, tu as peur ? glissa-t-il entre humour et bravade.

Ses lèvres frôlèrent le lobe de l'oreille de l'étudiant, cela provoqua une nette accélération de sa respiration et fit descendre un flot de feu vers son entrejambe.

— Je suis terrifié, répondit Benjamin, la voix légèrement enrouée.

Ce n'était pas du tout le ton de quelqu'un de terrifié. Seán, en revanche, sentait une tension lui remonter le long de l'échine, rappelant le fourmillement qui vous réveille les nerfs lorsque le tonnerre gronde sans que la foudre ne soit encore tombée. La curiosité et l'excitation faisaient le concours de l'émotion la plus présente dans son esprit.

— Pourquoi es-tu venu ici, Ben ? demanda-t-il, brûlant de savoir si son cœur s'était imaginé des choses.

Pas de réponse. L'étudiant ne desserra pas les dents. Que devait-il comprendre ? Avait-il le droit d'envisager des folies, des scénarios dans lesquels un garçon de la haute venait retrouver au fin fond de la banlieue un pauvre type dans le seul but de se laisser embrasser ? Embrasser ! Mais pourquoi venait-il de penser à ça ! Seán fut un instant pris de panique et pour tenter de continuer la mascarade et reprendre quelque peu les rênes de ce jeu qu'il maîtrisait de moins en moins, il posa soudainement ses deux mains sur les épaules de Ben, mimant le monstre qui saisit sa proie. L'étudiant sursauta, mais n'émit pas un son. Aucun son. Pas de réponse, pas d'indice. Seán s'exaspéra.

— Tu es venu pour me voir ?
Long silence, suivi d'un vague :
— Je ne sais pas…
— Pas pour que je te morde ?
Un sourire.
— Non…
— Pour que je t'embrasse ?
Un frisson.
— Peut-être…
Seán sentit son rythme cardiaque faire une violente embardée. *Bon sang !* Il se passa la langue sur les lèvres, l'esprit en roue libre et les sens affolés. Était-ce toujours un jeu de gosses : chiche ou pas chiche ?

Ses mains descendirent de la rondeur des épaules de Benjamin jusqu'aux muscles des bras, suivirent les poignets, leurs doigts s'entrelacèrent. Il se rapprocha encore. Il était collé contre lui, son ardeur immanquable se glissant, impudique, contre les reins de l'étudiant. Son cœur cognait dans sa poitrine et résonnait contre le dos de Benjamin. Il ne pouvait que l'entendre, dans le noir, sans autre bruit. Il devait bien admettre qu'il était mort de trouille.

Pourtant, avec cette obscurité, ce silence, ils étaient anonymes, ils n'étaient plus ni Benjamin, ni Seán, deux adolescents vraiment trop différents pour s'être rapprochés ainsi. Non, ils étaient deux corps, seulement deux corps animés d'une fièvre aussi soudaine qu'inexplicable. Ben se tourna dans ses bras. Son visage, ses yeux, sa bouche accrochèrent les faibles lueurs de la lampe de la pièce d'à côté. Seán se pencha vers lui, attiré par ses lèvres…

Il y eut un bruit derrière eux.

Les deux garçons firent un tel bond de surprise que Ben bascula en arrière et se raccrocha à l'étagère piégée. Un monceau de breloques bruyantes s'écroula à terre dans un véritable vacarme.

— Merde ! jura-t-il.

Et Seán explosa d'un rire bizarre, un mélange de peur, de frustration et de soulagement.

La grosse voix de monsieur Doe résonna dans la pièce et son ombre prit tout l'encadrement de la porte.

— Bon Dieu, c'est quoi encore ce barouf ! Vous êtes à combien, là-dedans ? Ada m'a dit qu'elle n'avait vu rentrer qu'un type en une heure !

— Il n'y a que moi, M'sieur Doe, et un ami, répondit Seán en se reprenant tant bien que mal.

— Bon, vous me rangez le foutoir et vous décanillez fissa. T'as fini ta journée depuis trente minutes, gamin. Tu n'vas pas coucher là.

Sans demander leur reste, les deux jeunes gens s'activèrent pour remettre les éléments de décor à leur place, puis sortirent de l'attraction par la porte arrière. Les rayons du soleil d'été les accueillirent alors, et Seán, ébloui, se voila un instant les yeux du dos de la main. Lorsqu'il les rouvrit, ce fut pour découvrir le visage éberlué de Benjamin.

— Bigre, t'en as mis une tartine ! On dirait feu ma grand-mère quand elle se préparait pour aller assister à un opéra à Covent Garden[29] ! se moqua l'étudiant non sans bienveillance en désignant le maquillage blanc qui couvrait le visage de l'Irlandais.

— C'est ça, marre-toi. Je t'en ai mis sur la tronche, à propos. T'as l'air d'un apprenti clown, rétorqua Seán, trop troublé encore par leur baiser avorté pour mettre la moindre acidité dans sa réplique.

— Quoi ? Ah non, il faut que je retire cela. Si mon père le voit… ! s'affola Ben en cherchant à se frotter le visage.

Plutôt que de rire, Seán fronça les sourcils. À cette remarque inquiète de Benjamin, il venait de réaliser toute la dangerosité de ce qu'il avait failli faire. Embrasser un inconnu comme ça, sans se poser de questions, en plein après-midi dans une baraque de foire. Et qui plus est un garçon de bonne famille débarquant à l'improviste. Pour sûr qu'il était en train de virer dingue ! À son programme du jour, il décida d'inclure une nouvelle ligne : se calmer un brin pour éviter les ennuis.

— Bon, arrête de gesticuler comme une andouille, je vais te nettoyer ça. Viens ! proposa-t-il en saisissant le poignet de Benjamin comme il avait vu sa sœur Eanna le faire avec ses jeunes frères.

Un geste en aucun cas tendancieux. Pourtant, son cœur ne manqua pas de s'affoler de plus belle en sentant la délicate articulation et la douceur de la peau sous ses doigts. Il entraîna Ben à sa suite entre les badauds, les stands et ainsi jusqu'à la roulotte de monsieur Doe où l'attendait une cuvette d'eau et du savon.

— Voici les loges des artistes, présenta-t-il.

Puis, galamment, il laissa Benjamin ôter les traces blanches sur son cou et ses joues. Il n'y en avait pas tant que ça, mais Seán ne voyait qu'elles, petites marques de minuscules péchés ; c'était là qu'il l'avait effleuré, c'était là qu'il aurait voulu poser ses lèvres.

À nouveau, la chaleur lui grimpa le long des jambes. Ben avait desserré sa cravate et ouvert le col de sa chemise pour vérifier si aucune pointe de blanc ne s'était faufilée le long de son cou. Fasciné, Seán se prit à rester là comme un idiot à le regarder dénuder quelques millimètres de plus de chair tentatrice. La peau de Benjamin était légèrement brillante, moite de soleil et d'été. Elle devait avoir un goût salé. Il pouvait presque la sentir sur sa langue. Dans un sursaut de lucidité, il s'asséna une claque imaginaire. *Stop ! On arrête les dégâts. Tu te reprends, mon petit père.*

Pour faire bon camarade, il envoya à Ben une boutade un peu leste :

— Eh, t'inquiète pas *dolly*[30], t'as pas une tâche sur ta jolie chemise de princesse.

Benjamin le fusilla du regard, puis se leva dignement du tabouret pour lui laisser la place. Seán lui fit un clin d'œil, s'installa et, se concentrant sur le morceau de miroir, entreprit de se démaquiller. Il se plongea pratiquement la tête dans la cuvette d'eau et frotta abondamment avec le savon. C'était fastidieux, il restait toujours des traces de noir entre ses cils ou du blanc sur ses tempes. Il lui fallait être précautionneux pour ne rien oublier, au risque de passer pour un drôle de personnage. Ensuite, comme à son habitude, il ôta ses oripeaux de mort-vivant, chemise en lambeaux et pantalon élimé, qu'il suspendit à un gros clou. Même en habit de corps, il n'avait pas froid. Aujourd'hui, il faisait suffisamment chaud pour déambuler en débardeur et caleçon tout l'après-midi s'il l'avait voulu.

Toujours plongé dans sa routine, il s'aspergea une dernière fois d'un fond d'eau, puis, à tâtons, parce que ses cheveux trempés lui retombaient sur les yeux, il tendit le bras vers ses propres nippes tout en finissant de s'essuyer avec un torchon. Il les avait laissées bien pliées sur la chaise près de la cruche d'eau, faciles à attraper. Mais, étrangement, ses doigts ne rencontrèrent pas le tissu espéré. Surpris, il se retourna alors tout à fait. Benjamin se tenait debout devant lui, les joues rouges et le regard particulièrement brillant. Il tenait nerveusement ses vêtements dans les mains.

— Tiens, dit l'étudiant en s'éclaircissant la gorge et lui tendant sa chemise.

Seán avala sa salive et réalisa qu'en effet, un détail lui avait échappé : il était en train de s'exhiber depuis plusieurs minutes à moitié nu devant Ben. Ben avec qui il n'avait cessé de flirter. Ben qui venait de détourner le regard, visiblement très gêné.

— M-merci, bredouilla Seán en attrapant d'une main maladroite sa chemise, puis son gilet, son pantalon et sa casquette.

Cette dernière tomba au sol et il se baissa immédiatement pour la ramasser, Benjamin fit de même. Ils se saisirent du malheureux couvre-chef en même temps et manquèrent de s'assommer en se relevant.

— Oups, pardon ! glapit l'étudiant avec un rire forcé.

— Non, c'est moi, pardon. Je suis empoté, concéda Seán, tout aussi troublé.

Benjamin amorça un geste de dénégation, quand soudain ses sourcils se froncèrent.

— Pas du tout, tu... tu saignes ?

Pris au dépourvu, Seán regarda son ventre, ses bras.

— Ah bon ?

— Non, là, sur ta paume, tu es blessé ? lui désigna Benjamin.

Seán vit enfin une entaille d'un centimètre de long qui saignait un peu, au creux de sa main. Il avait dû se faire ça en ramassant les objets tombés dans la Demeure de l'Effroi. Cela ne picotait que modérément, pas de quoi en faire une marmelade.

— Oh, ça, c'est rien, va pas t'en faire une colique.

Il porta la coupure à sa bouche et suça la plaie, puis, satisfait, releva les yeux en souriant. Benjamin arborait une expression horrifiée.

— Bah quoi ? C'est rien qu'un petit bobo, ça va guérir tout seul ! s'exclama Seán avec un geste de déni.

— Oui, sauf si tu attrapes le tétanos.

— Le quoi ?

— Une maladie mortelle. Tu pourrais au moins désinfecter la plaie.

— La salive, ça sert à ça, c'est comme la pisse pour les piqûres de méduse. C'est ma sœur qui m'a appris à faire comme ça.

— Sauf que ta sœur n'est pas Pierre Descombey.

— Qui ça ?

— L'inventeur du vaccin contre le tétanos.

— T'as dit que c'était quoi déjà le tétanos ? renchérit Seán avec un air naïf.

Il avait envie de titiller Benjamin.

Celui-ci, pas dupe, poussa un soupir faussement consterné.

— Pff… Bon, on verra plus tard pour faire ton instruction. Tu n'as pas de l'alcool plutôt ? Je t'arrête tout de suite, pas pour boire, mais pour dé-sin-fec-ter.

— Là comme ça, non. Mais je sais où en trouver de l'alcool ! Ça te dit de m'accompagner dans un chouette pub ?

— Si tu veux, mais mets au moins quelque chose dessus pour empêcher que cela saigne. Attends, ne bouge pas, je vais te faire un pansement, répliqua Benjamin en lui intimant de s'asseoir.

Il sortit son mouchoir de sa poche et entreprit de le plier consciencieusement. *Il est d'un blanc immaculé*, constata intérieurement Seán. *Et il y a même ses initiales brodées dessus !*

— Attends, je vais te le salir ! Et pour ravoir le sang là-dessus : bonne chance ! s'exclama-t-il en retirant sa main.

Ben la lui rattrapa et la maintint fermement.

— Arrête de gesticuler. Mon père est médecin, les traces de sang sur les tissus, c'est le quotidien de notre bonne.

Seán fit une moue pincée.

— « Le quotidien de notre bonne », singea-t-il pour masquer le trouble que provoquaient en lui les mains chaudes de Ben manipulant la sienne.

— Oh ça va ! Oui, « de notre bonne ». Nous n'avons en plus qu'une cuisinière et une femme de chambre, donc il ne faut rien exagérer, ce n'est pas la maison Windsor !

Seán fit une grimace comique et continua son petit jeu d'imitation moqueuse.

— Mère a une femme de chambre, ce n'est pas la maison Win... Aoutch ! Vas-y mollo !

Ben venait de nouer le mouchoir d'un geste particulièrement vif.

— Tu es douillet, commenta-t-il, tranchant.

— Je ne suis pas douillet, c'est toi qu'es une brute, geignit Seán pour le plaisir de se plaindre et parce que jouer à mettre en boule Benjamin était très amusant.

— Je ne suis pas brutal, je suis ferme. Et je vais être médecin, c'est l'occasion de me faire la main. Voilà, c'est fini. Bon, on y va à ton rade ? Oh, mais d'abord : habille-toi !

Seán se releva lestement, enthousiaste à l'idée d'emmener son nouvel ami découvrir son propre univers.

— Oui, mon Capitaine !

Le jeune Irlandais jeta un coup d'œil au bandage de fortune parant sa main. On ne lui en avait jamais fait un aussi beau.

CHAPITRE 7

1946, septembre.

Ce petit bobo. Un tendre souvenir.

Assis au calme de son bureau, Benjamin regarde sa propre main, comme s'il pouvait encore y voir la trace du sang de Seán, quelques gouttes de vie, une égratignure, une excuse de blessure, presque rien. Pourtant, cet été-là, face à ce séduisant garçon à la désinvolture contagieuse, c'était la première fois qu'il prenait la responsabilité de soigner quelqu'un. Sa toute première initiative de futur médecin. Benjamin se souvient qu'il s'était senti très sûr de lui à cette seconde-là, investi d'une autorité nouvelle, grisante. Une première fois parmi d'autres. Petit bobo, petite plaie. L'innocence s'en va toujours dans un déchirement, on déchire la peau, on déchire l'hymen, on peut aussi déchirer un cœur. Les premières fois ne sont jamais anodines.

Ben s'étire en souriant. Son fauteuil craque en même temps que ses vertèbres. Avec cet homme-là, il y en a eu de nombreuses, des premières fois. Des belles, des tragiques, des merveilleuses et des futiles, il se souvient de toutes. Elles furent chacune source de blessures. Ce n'est pas un mal, ce n'est pas un regret. Les cicatrices peuvent être belles. Elles sont les reflets des batailles que l'on mène. Elles racontent les doutes, les questionnements, les révélations qui laissent leurs traces, indélébiles, dans votre esprit. À suivre Seán dans les rues du Londres banlieusard, dans les lieux que l'on ne fréquente pas lorsqu'on est d'une bonne famille, il a appris énormément : sur les autres, sur lui-même, sur la société tout entière. Il a fait des rencontres, beaucoup, fugitives autant qu'intenses : des visages et des noms, des caractères, des vies. De quoi en faire des listes, toutes sortes de listes. Le genre de listes que l'on trouve dans les journaux. Comme celle-ci, qu'il a découpée dans un hebdomadaire, en 1941.

Liste des disparus suite au bombardement d'Uxbridge Road :

- Fanny et Mary Coleman, 13 et 15 ans, ouvrières en confection.

- John Lister, 46 ans, cordonnier.

- Margaret Oldwood, 73 ans, veuve de guerre.

- Camilla Smith, 21 ans, réveilleuse[31].

- Noor Khan, 39 ans, télégraphiste.

- Gordon Digby, 28 ans, serveur.

CHAPITRE 8

1937, juillet

Lorsque Ben et Seán entrèrent au *Cat's Cream*[32], une voix haut perchée, bien qu'étrangement rauque, balaya la salle. Elle provenait de derrière le bar, où trônait une tireuse à bière rutilante ainsi qu'une collection de chopes de toutes tailles, et où s'activaient deux serveuses.

— Oh, par la queue du dragon de St-George, Seán chéri, quel *dolly feely omi* tu nous amènes là ! Eh, Rosie, *vada* cette *feely eek* !

Benjamin, sans avoir réussi à localiser l'auteure de la répartie, se tourna vers son camarade, un sourcil relevé.

— Je… ? Je viens de me faire traiter de quoi exactement ?

Seán en toussa de rire.

— De « gamin au joli minois » en *polari*[33].

— En quoi ? Pardon, est-ce que tu pourrais m'éclairer, là ?

— C'est une langue d'ici, un jargon local, pour pas se faire comprendre par *Lily Law*.

— Par qui ?

— *Lily Law*[34]. La police. T'as toute une instruction à faire toi aussi ! brocarda Seán en donnant un coup de coude à son ami.

— Heureusement que l'on a du temps devant nous alors ! Tu veux bien te charger d'être mon professeur ? répliqua Ben en lui renvoyant un sourire complice.

Seán ôta sa casquette et se passa la main dans les cheveux en baissant les yeux. Un geste, avait noté Benjamin, que le bel Irlandais faisait souvent pour dissimuler ses joues empourprées. Cela lui donnait un air de gamin timide et c'était adorable. Ben sentit son cœur palpiter. C'était lui qui faisait rougir Seán, c'était lui qui avait cet étrange pouvoir. Il lui suffisait d'un mot ou d'un simple sourire. Si facile et aussi un peu effrayant, se sentir séduisant aux yeux d'un autre, d'un homme qui plus est, était une expérience totalement nouvelle pour lui. Une forme de découverte de lui-même, de son corps, de ses charmes qu'il ne soupçonnait pas ou pas vraiment, pas sous ce jour-là en tout cas, et certainement pas avec une telle intensité. Il avait envie d'être le centre de l'attention de Seán, le centre de son univers entier !

Les deux adolescents s'installèrent à une table ronde, près de l'entrée. Le radieux soleil du milieu d'après-midi filtrait par les vitres du pub sur lesquelles étaient joliment calligraphié *Cat's Cream* en lettres blanc et or. Les lieux sentaient bon le propre et n'avaient rien des tavernes glauques que les étudiants plus âgés d'Oxford se vantaient de connaître. Benjamin s'y sentit immédiatement à l'aise, comme dans un cocon chaud et protecteur.

Une majestueuse créature s'avança vers leur table, un plateau de verres vides à la main, mais tenant cela comme s'il ne pesait rien. Tenue ajustée avec jupe ras-du-genou et bas couleur cerise, une coiffure courte ornée d'un bibi dernier cri, des ongles peints d'un mauve doux et surtout un maquillage incroyable : de grands yeux noircis au kohl, des faux cils, un rouge carmin impeccablement dessiné sur des lèvres pulpeuses. On aurait dit une danseuse de Music-Hall.

— Alors lui, il est hors de question que je lui serve autre chose que de la limonade. Tu l'as kidnappé à la pension des enfants de chœur de Notre-Dame-de-la-très-grande-Tolérance ? attaqua-t-elle, un sourire canaille aux lèvres.

Seán réfréna un rire et Benjamin s'empourpra avant de répondre, un peu vexé :

— Pardon, Madame, mais je viens d'avoir 17 ans et...

— 17 ans ! Le bel âge ! C'est « Mademoiselle » pour toi, mon petit chéri.

La serveuse lui caressa affectueusement le menton. Benjamin resta tétanisé, les yeux rivés sur le dessin de cette bouche au large sourire maquillé.

— Oh, il n'a même pas encore un poil de barbe. Quel amour !

Cette fois, Ben sentit la chaleur gagner jusqu'à la pointe de ses oreilles.

— Et il rougit en plus, continua la serveuse avec un ton de taquinerie dénué de malice. Mais on va le dévorer ce chérubin, si tu le laisses ici !

— Benjamin, je te présente Gordon Digby : le seul, l'unique ! intervint Seán, en riant pour de bon.

Ben se tourna vivement vers son ami, il n'était pas sûr d'avoir compris.

— Quoi ? Mais... ?

— Oh mais quelle vilaine crapule ! N'écoute pas ce goujat mon chou, et appelle-moi Gladys. Tu la veux à quel goût ta limonade ? enchaîna la serveuse, sans lui laisser le temps de suivre.

Seán prit une inspiration et donna à sa voix une teinte charmeuse.

— S'il vous plaît, chère Lady Gladys, pourrait-on avoir des bières ? Pour une fois que j'amène un ami.

— Oh misère, il me fait son regard de tombeur. Je vois, je vois. On a d'autres projets pour ce soir, c'est ça ? Méfie-toi, mon petit agneau, tu es tombé sur le Don Juan de Shepherd's Bush !

— Eh, c'est totalement faux ! s'ébouriffa Seán, un peu trop vivement pour être honnête.

Benjamin se racla la gorge, moqueur, et l'Irlandais lui envoya un regard de dénégation peu crédible.

— Ohlala, qu'il est mauvais quand on lui zieute ses petites affaires ! Allez, une demi-pinte pour toi, mais pour lui, c'est limonade grenadine. Dans cette maison, c'est *Yeute bivare*[35] pour les bébés, lança la serveuse en s'en retournant au comptoir.

Quand elle ne fut plus à portée de voix, Seán se pencha vers Benjamin avec une petite moue complice.

— Sacré numéro c'ui-là, n'est-ce pas ? amorça-t-il.

Ben le regarda, parfaitement interloqué.

— Tu ne blaguais pas ? C'est… un homme ?

Seán se mit à glousser.

— Tu verrais ta tête ! Oui, non, c'est un homme ou une femme, ça dépend de l'heure et ça n'a aucune importance. C'est surtout quelqu'un de vraiment sympa.

— Et de sacrément courageux aussi, je parie.

— Pardon ?

— « Courageux », insista Benjamin. Ça ne doit pas être évident d'affronter la rue et le regard des autres habillé comme ça. Il est ce qu'il est et il le montre, ce n'est pas un courage donné à tout le monde[36].

Seán lui lança un sourire affectueux.

— T'as raison, c'est quelqu'un de sacrément courageux. Et t'es le richard le plus ouvert d'esprit que j'ai rencontré.

— Richard ? C'est-à-dire ?

— Richard, friqué, lord, ce genre de trucs.

— Nan, je sais ce que ça veut dire richard, ça va. Mais là, tu mélanges tout. Déjà, tous les lords ne sont pas riches. Je ne suis pas spécialement riche et je ne suis pas non plus spécialement lord.

— Pas spécialement, mais un peu quand même ?

— Ah si tu veux, disons de façon lointaine. J'ai une branche de la famille, du côté de ma mère, qui avait des titres de noblesse. Ma grand-mère, Grand-Maman Elsie, était née baronne Mary-Elizabeth Aylin.

— Ah bah c'est rien, c'est vrai. « Baronne » ! Nous aussi, au pays, on en a de pleines charrettes des baronnes ! ironisa Seán.

Benjamin ne put retenir un rire avant de continuer.

— Non, attends : elle, elle a épousé un roturier et crois-moi, ce n'était pas la moitié d'une révolution pour la famille. Mais c'est avec les enfants de son frère, James et Lisbeth, qu'il y a eu des scandales in-cro-ya-bles.

— Oula, je sens que ça va être pa-ssio-nnant.

— Regardez-le avec son air de dédain ! On croirait entendre mon père ! Tu te prives de quelque chose, crois-moi, c'est un vrai roman cette histoire ! Il y a des tas de rebondissements ! bougonna Ben.

Seán le prit en pitié et, à vrai dire, il avait vraiment envie d'en entendre plus.

— Bon, vas-y, raconte-moi-le donc, ton roman familial. Ça tombe bien, ma bière arrive.

— Pff, et moi, je marche à l'eau sucrée ! C'est profondément injuste.

— T'as pas l'âge, elle a dit la dame.

— Tu vas voir si j'ai pas l'âge ! Benjamin lui balança un sourire narquois avant de se tourner vers la truculente Gladys qui s'avançait vers eux, radieuse, avec leurs boissons.

Ben prit son air le plus désarmant.

— Miss Gladys, c'est ma première sortie du pensionnat aujourd'hui et j'aurais vraiment voulu pouvoir goûter une bière. Vous croyez que vous pourriez faire une exception ? Rien qu'une fois ?

— Oh, vraiment ! Un jeune échappé du pensionnat ? Décidément, on le croirait plus innocent que l'agneau Pascal, celui-ci. Je me demande si faire une exception pour toi, mon petit angelot, ne va pas m'attirer un paquet d'ennuis. Bon, je te ramène ça. Seán, je compte sur toi pour ne pas nous le dévergonder, prévint la serveuse en repartant vers la tireuse à bière.

— Croix de bois, croix de fer ! promit Seán, la main sur le cœur.

— Merci, Miss Gladys, dit Benjamin plus timidement.

Il avait été surpris lui-même du succès de son audace. Il reprit ses esprits en regardant, effaré, son compagnon vider la moitié de sa chope en une seule lampée.

— Eh bien, tu as une bonne descente, toi ! lâcha-t-il, éberlué.

— Tu me fais une remarque sur le fait que tous les Irlandais sont alcooliques, ou une ânerie du même tonneau ?

grommela Seán en s'essuyant les lèvres du revers de la main comme un vrai fils d'ouvrier, qu'il était sans doute.

— Alcooliques, non, mais soupe au lait, on dirait bien. Bon alors, et toi, quel est ton nom de famille ? Parce que pour te trouver à la fête foraine, cela n'a pas été une mince affaire. Tu vois, des Irlandais qui s'appellent Seán, c'est pas follement origin…

— Mon nom, c'est Reilly.

— Tu te moques de moi ?

— Pas le moins du monde.

— Seán Reilly, probablement le nom le plus commun en Irlande ?

— Celui-là même. Non, à vrai dire, le plus commun, c'est celui de mon frère Liam. Liam Reilly.

— Pff, c'est ça, rigole. Donc en fait, c'est irrémédiable : si je te perds, je ne te retrouverai jamais.

— Tu n'as aucune raison de me perdre, lui dit Seán dans un sourire confiant.

À cette déclaration spontanée, Benjamin sentit inexplicablement son cœur se serrer. Un pressentiment, terrifiant, lui vrilla les nerfs.

— Si… Si, je crois que j'en ai plein des raisons, en fait, avoua-t-il très sérieux et la gorge nouée.

Seán perdit son sourire. Il le regarda, inquiet, et posa doucement sa main sur la sienne en plongeant son regard dans le sien.

— Eh bien alors, c'est moi qui te retrouverai, promit-il, ému.

Les deux adolescents restèrent un instant silencieux.

— Je ne devrais pas avoir trop de mal à te trouver, reprit Seán. J'ai deux noms pour le prix d'un pour y arriver. Taylor, c'est banal, mais Binckes… C'est pas anglais ? demanda-t-il pour changer de sujet.

La soudaine expression d'angoisse dans les yeux de Benjamin lui avait fait peur.

— Non, c'est hollandais. Une partie de ma famille vient de là-bas. Ça aussi c'est une longue histoire, je te raconte ? répondit Benjamin, son enthousiasme revenu.

Seán prit un air exagérément blasé avant de répondre :

— Si ça peut te faire plaisir…

***

Le début de soirée était bien entamé lorsque les deux adolescents réalisèrent qu'il était temps qu'ils se séparent. Le *Cat's Cream* bourdonnait du brouhaha des clients, familles et gens du quartier venus y dîner ou boire un verre. Les chopes s'entrechoquaient, la porte d'entrée s'ouvrait et se refermait continuellement dans un tintement de clochettes, des voix fusaient ainsi que des rires, de jeunes enfants jouaient à se poursuivre entre les tables. Au milieu de ce chahut, Melle Gladys faisait le service avec une constance dans l'énergie et la bonne humeur forçant le respect.

Benjamin n'avait cessé de s'étonner de l'absence pratiquement totale de réactions des clients du pub face à l'extravagance éclatante de ce serveur travesti en belle cocotte. Certains s'amusaient à lui faire des avances, certaines en bonnes amies échangeaient des astuces de coiffure, les plus âgés haussaient les épaules en souriant à ses facéties de diva. Personne ne l'insultait, ne le montrait du doigt ou ne cherchait à l'humilier par une remarque blessante. Ce n'était vraiment pas ce à quoi Ben s'était attendu.

À Oxford, des petits groupes d'étudiants étaient connus pour affecter des attitudes de dandy, d'efféminés, on les disait membres du club des esthètes. Ils portaient des fleurs à la boutonnière, prenaient un ton traînant et dédaigneux pour s'adresser aux autres et se réunissaient lors de soirées à la réputation sulfureuse. Rupert les avait en horreur et Violet les jugeait assez puérils. Ben, pour sa part, avait été plutôt effrayé par leur capacité à attirer les problèmes. Et puis le profond mépris dont ils faisaient constamment l'objet de la part des autres élèves n'avait rien de séduisant. Pourquoi risquer ainsi sa réputation puisque, pour la plupart, du moins le croyait-il, ce n'était qu'une mode passagère ? D'ailleurs, lui avait déjà fait remarquer Violet, la presque totalité d'entre eux se mariaient au sortir de leurs études. Cela voulait bien dire que ce genre d'attitude ne pouvait guère perdurer dans le temps. L'âge adulte devait mettre fin à ces fantaisies idiotes. Alors, de voir ainsi Gordon Digby, un homme mûr, être admis en tant que Miss Gladys par toute une communauté, lui paraissait tout bonnement incroyable. Le discours bien huilé que ses professeurs et sa famille répétaient à l'envi, comme quoi les amitiés particulières et autres amours masculines n'étaient que des tocades éphémères vouées à être guéries par le mariage, commençait à lui paraître bancal.

Il s'en ouvrit à Seán, qui lui expliqua que là où le milieu huppé de Ben, imprégné de morale bourgeoise, voyait du vice et de la perversion, les habitants des quartiers ouvriers comme celui de Shepherd's Bush ne se posaient pas tant de questions. Cet homme était un bon travailleur, aimable et honnête, si son passe-temps était de s'habiller en danseuse de cabaret, soit. Cela ne gênait en rien son service, alors pourquoi lui dire quoi que ce soit ? Une telle tolérance laissa Benjamin méditatif[37]. Non pas qu'il n'ait eu vraiment de connaissances du sujet, mais il était pratiquement sûr que dans le centre de Londres, une telle permissivité n'avait pas cours. Pour le peu qu'il en savait, c'était même plutôt tout l'inverse. Les lieux suspects étaient régulièrement surveillés et on recommandait aux jeunes gens d'éviter les urinoirs ou certains parcs le soir venu, de peur qu'ils ne soient entraînés à des actes indécents par des pervers en chasse[38].

L'étudiant aurait bien voulu poser davantage de questions à son ami. Est-ce que toutes les entorses aux lois des genres étaient possibles dans son milieu ? Avait-il essayé des choses ? S'était-il déjà fait pincer par la police ? Et s'il leur prenait l'envie de s'embrasser à pleine bouche au milieu du pub ? Pouvait-on aller jusque-là ?

Perclus de timidité, il ne se permit pourtant pas d'approfondir le sujet. Une écrasante pudeur et des tombereaux d'a priori l'empêchaient encore d'être tout à fait direct, si ce n'est clair, dans ses avances. Cependant, il dévorait des yeux son camarade et aurait voulu lui dire combien il le trouvait troublant, séduisant, obsédant.

Peu sûr de lui, bien que tenaillé par une vraie curiosité, il n'osait pas donner plus que de petits indices de son affection à son ami, et ceux-ci étaient déjà immenses à l'échelle de son inexpérience. Durant son temps passé à siroter sa bière, il s'était autorisé de nombreuses et discrètes indulgences. Était-ce l'effet de l'alcool ? Peut-être. Il avait plusieurs fois caressé du pied la cheville de Seán, il lui avait frôlé la main, il avait goûté à son verre pour le seul plaisir de poser ses lèvres à l'endroit où son compagnon avait eu les siennes un instant plus tôt. Des coups d'œil, des sous-entendus, des dizaines de minuscules rapprochements tous accueillis d'un sourire et jamais repoussés. Et cela lui faisait dire, à présent qu'il s'apprêtait à monter dans un LL[39] pour rejoindre au plus vite son domicile, que le bilan de son fol après-midi était : *non seulement je suis amoureux, mais ce sentiment a tout l'air d'être partagé* !

Le chauffeur referma la portière et Benjamin fit un signe de la main à Seán, qui l'avait accompagné galamment jusqu'à la station de taxis. Son ami lui répondit d'un salut léger en soulevant sa casquette, puis le conducteur démarra et, maniant klaxon et zigzag avec une maîtrise avérée, se lança dans la circulation londonienne. Il n'allait pas falloir longtemps pour arriver jusqu'à Holborn. Il pourrait remercier son oncle George de lui avoir glissé dans la poche un peu d'argent pour s'épargner la fatigue de rentrer en métro.

La voiture sentait le cuir humide. Benjamin croisa les bras sur la poitrine. Il avait un peu froid. Il se demanda s'il ne couvait pas quelque chose, mais finit par opter pour les symptômes d'une simple fatigue nerveuse.

Les quelques heures qu'il venait de passer avec Seán lui avaient semblé des minutes. Elles s'étaient évanouies trop vite ! Ils avaient parlé, plaisanté et s'étaient livrés tant et plus. Benjamin avait raconté mille choses sur sa famille, ses études, ses rêves. Lâchement, en revanche, il n'avait pas voulu avouer à son compagnon qu'il allait être fiancé sous peu à Violet. Seán avait bien tenté d'aborder le sujet, et certainement qu'il se doutait de quelque chose, mais devant son acharnement à faire glisser la conversation vers d'autres voies, le jeune

Irlandais avait fini par abandonner et leur conversation avait repris de plus belle sur des terrains moins boueux.

Si Ben était un conteur passionné des histoires de ses lointains ancêtres, Seán, lui, pouvait être tout aussi enthousiaste à parler de ses marottes. L'une d'elles était franchement surprenante chez un jeune homme de dix-neuf ans dénué de toute culture classique. En effet, il était féru de poésie et en particulier de poésie française. Il parvenait même à déchiffrer cette langue, ayant appris ses rudiments auprès du curé de son village, ancien précepteur en France. Pris d'un élan de complicité, Seán avait montré à Benjamin un calepin en lambeaux tout droit sorti de sa poche, dans lequel il notait les vers retenant son attention. Il y en avait de toutes sortes : antiques, shakespeariens, romantiques, modernes, alexandrins, octosyllabes, vers libres, avec ou sans rimes, une vraie collection d'émotions en strophes. Voyant son étonnement et pour le tester, Seán l'avait défié au jeu de reconnaître les auteurs. Benjamin s'en était sorti de façon à peine passable. La littérature n'était vraiment pas son domaine de prédilection, mais à écouter Seán lui présenter les mérites de telle ou telle métaphore, il s'était pris à s'imaginer en artiste devisant en compagnie d'un confrère dans une Bohème de conte de fées. Benjamin s'y voyait presque : une chambre sous les toits de Paris, une place au creux du lit de son amant poète.

Son amant ! Fichtre, que ses pensées pouvaient aller vite en besogne ! Seán, Seán, Seán, cent fois lui. Son cœur et sa tête en étaient remplis, lui partout, lui dans chaque recoin de son esprit ! Pour se revoir, ils allaient devoir se cacher, organiser des rendez-vous secrets. Pouvait-il compter encore sur la complicité de l'oncle George pour le couvrir ? Et s'il mettait Violet dans la confidence ? Sûrement qu'elle en rirait de bon cœur, elle pourrait même l'aider ? À moins que tout cela ne la choque ? Ou s'il prenait à la jeune fille l'idée saugrenue d'en parler à son frère ?

Benjamin nageait en pleine euphorie, mais il était surtout épuisé. Son esprit était troublé par les vapeurs d'alcool, ses yeux se fermaient malgré lui alors que la nuit n'était même pas encore tombée. Plans et stratagèmes de roman, rêves d'aventures et de découvertes sensuelles tourbillonnaient dans sa tête. En un mois d'été, parviendrait-il à les réaliser tous ? Au regard de sa courte vie, cela représentait une éternité, alors pourquoi pas ! Il s'enfonça davantage dans le confortable siège arrière du LL et, le regard tourné vers le spectacle des rues londoniennes piaillant de vie, se laissa gagner par le sommeil.

1946, septembre

Le temps. S'il y a bien quelque chose que l'on n'a jamais en assez grande quantité, c'est le temps. Que la jeunesse est naïve de croire qu'elle a le temps, qu'elle est immortelle. Combien elle est folle de s'imaginer pouvoir tout surmonter, portée par on ne sait quelle force inépuisable. Tout ceci relève de la poésie et bien peu de la réalité. Seán et sa passion de la poésie. Voilà bien une surprise qu'avec les préjugés bourgeois dont il était encore perclus à l'époque, Benjamin n'avait pas vue venir. Et pourtant, lorsqu'il y pense à présent, c'est une évidence. Une si belle âme, chevaleresque, ne pouvait qu'avoir un penchant pour les voix des troubadours. Et lui, adolescent exalté et porté au romantisme, ne pouvait qu'en tomber amoureux. Des poèmes, Seán lui en a fait découvrir des dizaines. Des tendres, des lyriques, des violents, des salaces et des sensuels, tout un univers de symboles et de codes qu'il ne connaissait pas.

Benjamin arrête une nouvelle fois son travail pour fixer son regard sur l'extrait de poème qu'il a fait encadrer au mur.

« Et moi qui ai rêvé d'être en toi immortel, en songe mon aimé je nous vois éternels. » L'auteur est un quasi-inconnu : Egon Trommer. Une œuvre mystérieuse, parfois orageuse, souvent passionnée, peuplée de musique et sentant le soufre pour un auteur dont le destin semble étrangement mêlé au sien.

Celui-ci, ce poème-là précisément, Benjamin l'a découvert un matin d'août 1942. Ce fichu poème bien protégé derrière son verre transparent. Ce satané poème écrit au dos d'une lettre. De chastes mots cachant des émotions qui le sont bien moins. Car cette lettre qu'on ne peut lire, dissimulée, tapie derrière une rime énigmatique, est la toute dernière que Seán lui a envoyée. Elle est aussi la plus profondément déchirante que Ben n'ait jamais reçue. Elle dit tant, cette lettre.

Benjamin sourit, tristement. Une telle lettre, un tel affront, une telle déclaration, et dire que c'est ce poème exalté qui la cache aux yeux de tous. Ce poème ? La tournure est belle, mais il est absurde. Dire que lorsqu'il était encore adolescent, ce genre de tirade le faisait chavirer. Le summum du romantisme, voyez-vous cela !

« Et moi qui ai rêvé d'être en toi immortel, en songe mon aimé je nous vois éternels. »

Voilà bien une pensée d'artiste, une idée insensible, esthétique, lyrique mais dénuée d'expérience vraie. Car la réalité est tout autre. Il le sait bien, lui, combien il est atroce d'avoir connu l'amour et d'en être violemment privé. Être immortel, vivre dans la mémoire de l'amant, vivre par des rêves, la belle affaire ! Mieux vaut n'avoir jamais aimé, mieux vaut ne pas souffrir à ce point. Les bonheurs de l'amour ne valent que s'ils ne nous sont pas arrachés. Arrachés, déchirés, amputés c'est tout le vocabulaire de la blessure que l'on peut utiliser dans le cas d'un amour dont on vous prive. Il est là, lui, le médecin devant cette plaie ouverte, impossible à recoudre. Il s'acharne à la masquer avec des pansements, des bandages, mais rien n'y fait : ni la maturité, ni la guerre, ni le temps, rien. La cicatrice est là, purulente encore. Elle suinte d'amertume, de remords, et d'une profonde solitude. C'est une gangrène, cette fichue solitude, une vraie torture lorsqu'elle rime avec l'attente du retour de celui que l'on aime.

Il en va de même pour les jours de visites dans son hôpital. Malgré les années, Benjamin les appréhende toujours autant : jours déchirants et consolants à la fois ; nécessaires mais cruels. Quand on souffre la semaine durant, les quelques heures en compagnie de ceux que l'on aime sont un baume addictif dont on se prive difficilement. Les patients sortent toujours bouleversés par ces trop courtes réunions avec leurs proches. Ils voudraient pouvoir les retenir auprès d'eux, les avoir à portée de main pour qu'ils tiennent les leurs, pour ne pas être seuls à affronter les cauchemars, les souvenirs et la douleur. Malgré les soins quotidiens des infirmières, la sollicitude des médecins et même la promiscuité avec les autres patients, la solitude est le plus vicieux des maux rongeant la santé des blessés. Être seul dans un lit d'hôpital, c'est être ramené en permanence à son propre corps et à ses propres pensées. Pour vivre heureux dans la solitude, il faudrait ne pas avoir vécu le bonheur d'un amour partagé, songe Benjamin. Mais, hélas, lui, comme beaucoup d'autres, n'a pas cette chance.

Il se lève pour se servir un peu d'eau d'une carafe en cristal posée sur une desserte, près de la fenêtre. Il pourrait prendre un doigt de cherry, mais il n'est encore que cinq heures de l'après-midi, un peu tôt pour le petit verre de la mélancolie. Celui-là, il le réserve pour avant d'aller se coucher. La nuit, il cherche à éteindre sa mémoire qui tourne en boucle. La nuit, il s'imagine des scènes qu'il a vécues, d'autres qu'il aurait voulu vivre. Il se fait le récit d'une vie à deux et joue et rejoue son passé sur grand écran à la façon des films de son adolescence.

CHAPITRE 10

1937, août

— J'ai déjà vu des films, tu sais !
— Ah, arrête de jouer le blasé ! Je ne t'emmène pas juste « voir un film » ! Suis-moi, tu vas être surpris.

Seán et Benjamin s'étaient donné rendez-vous devant l'entrée du *Pyke's Cinematograph Theatre*. Une fois encore dans le quartier de Shepherd's Bush, dans une rue garnie de théâtres et de salles de spectacle. En plein mois d'août et à cinq heures de l'après-midi par un beau soleil, la rue grouillait de monde.

Étonnamment, ce ne fut pas à l'intérieur du cinéma que le jeune Irlandais entraîna Ben. Ils entreprirent de contourner le bâtiment en passant par une ruelle adjacente. Seán lui avait promis une surprise pour cette journée de vadrouille. Encore un territoire inconnu pour Benjamin, encore une nouvelle aventure.

Ce n'était que leur quatrième rendez-vous et il avait déjà vu tant de choses surprenantes qu'il aurait pu dès à présent rédiger un carnet de voyage ou même un roman ! Pourquoi ne pas l'intituler « À la découverte de l'amour dans la mystérieuse banlieue londonienne » ? Un peu trop lyrique, peut-être ? Il avait fini par admettre qu'il était totalement fondu de ce bel Irlandais passionné de poésie. De lui, de son monde, de sa liberté, de tout ce qui pouvait le concerner de près ou de loin.

Maintenant qu'il le connaissait davantage, Seán lui apparaissait très loin du personnage de racaille semeuse de trouble que devaient se portraiturer ses parents en pensant à un jeune homme comme lui. Certes, il avait des manières mal dégrossies. Il lui arrivait de s'esclaffer, d'être insolent, buté. Cependant, des adolescents impertinents, têtus ou mal élevés, ce n'était pas ce qui manquait à Oxford, même parmi les fils de l'aristocratie. Dans une autre vie, Seán aurait très bien pu être l'un de ses camarades de classe. Il était intelligent, futé même, curieux de tout. Il avait l'âme noble, loyale et exaltée. Il savait aussi se montrer fort séduisant lorsqu'il souhaitait obtenir quelque chose. Il jouait sans vergogne de son regard de chat, d'un vert si limpide qu'on aurait dit l'eau d'un ruisseau glissant sur son tapis de mousse. Et puis il gardait toujours, telle une armure invisible, une belle aura de fierté et d'audace, à vous en faire frissonner.

Il y avait un danger à fréquenter ce garçon, un danger irrésistible. Leurs différences de classe participaient très certainement à l'attraction viscérale que Ben ressentait pour lui. Il était positivement excitant de s'aventurer dans une telle romance ! Benjamin y voyait une bravade vis-à-vis de son milieu, une expédition excitante dans le pays des interdits, le genre d'histoires sulfureuses qu'auraient pu vivre ses ancêtres côté Binckes. Un regret le tenaillait cependant : il lui était horriblement difficile de ne pas raconter ses folles escapades à quelqu'un. Violet, Rupert, ses parents. Impossible ! Mais, bon sang, il en crevait d'envie.

Pour l'instant, ses aventures étaient couvertes par les mensonges bienveillants de l'oncle George, qui lui avait même alloué un petit pécule pour lui permettre de sortir sa danseuse, comme il s'amusait à qualifier la tocade secrète de son neveu tout en pensant toujours que Ben partait s'encanailler avec une romanichelle volage[40]. Quant à ses parents, ils n'y voyaient que du feu depuis deux semaines. Benjamin faisait tout de même attention à ne rentrer qu'à des heures décentes pour éviter d'attirer les suspicions. Toutefois, avec le rendez-vous du jour, son plan s'était légèrement compliqué.

Les deux adolescents avaient projeté de passer la soirée à faire bamboche et, cette fois, il n'avait pas mis George Binckes dans la confidence, de peur que celui-ci, bien que jusqu'à présent très tolérant, y trouve quand même quelque chose à redire. À ses parents, il avait prétexté une invitation au *Lyric Theatre* en compagnie des jumeaux McMuir. Avec une pointe de culpabilité, Benjamin se revoyait en train de décrire à sa mère la charmante soirée parfaitement innocente qu'il passerait aux côtés de Violet et Rupert : ils iraient voir une reprise de Broadway, *Regina Victoria,* avec dans le rôle-titre la très acclamée Pamela Stanley. La vie de leur chère reine Victoria, un spectacle certainement édifiant pour de jeunes gens bien élevés. Oh fichtre ! Il en était loin !

Benjamin coula un regard à son compagnon : la ligne de son épaule, son cou, sa mâchoire dessinée, ses bras aux muscles nerveux, et ses lèvres qui paraissaient si douces. Il ravala un soupir. Qu'importe s'il se faisait attraper, ce garçon extraordinaire valait bien de recevoir l'ire paternelle. Peut-être parviendrait-il aujourd'hui à lui arracher un baiser ?

Depuis leur rapprochement dans la maison hantée, les deux adolescents n'avaient plus eu l'occasion de tenter quoi que ce soit. Il faut dire qu'ils étaient rarement seuls. Seán lui avait fait visiter chaque attraction de la fête foraine, l'avait invité plusieurs fois au *Cat's Cream* pour goûter toutes sortes de boissons diversement alcoolisées et, enfin, avait fait avec lui le tour des boutiques du quartier. Il y avait notamment cette librairie sur Goaldhawk Road, gardée par un personnage mutique, mais plutôt sympathique, qui laissait Seán lui emprunter gracieusement des recueils de poésie que le jeune Irlandais rapportait plusieurs jours plus tard. Muer, d'un sourire, un libraire taciturne en un bibliothécaire : voilà bien un exemple criant de ce que son charme magnétique pouvait lui faire accomplir. D'après la légende familiale contée par Seán, sa sœur aînée avait le même don quand elle était jeune, et le plus jeune fils de celle-ci, le petit Neal, semblait bien parti pour être lui aussi un charmeur de premier ordre. Seán lui avait décrit sa famille, une ribambelle de frères et de sœurs, de cousins et même de neveux, qui apparaissaient à Benjamin comme une tribu de conte de fées, vivante, amusante, tonitruante et jamais ennuyeuse. Pas comme chez lui, où son statut d'enfant unique lui semblait d'une fadeur consommée.

Le mur de briques brunes et rouges qu'ils étaient en train de longer était couvert d'affiches de films pelées. Les unes recouvraient les autres, dessinant une drôle de composition où les titres se mélangeaient et les visages des acteurs à la mode composaient un patchwork de lambeaux colorés. Il y avait une haute frise en céramique courant tout le long du bâtiment. On pouvait y lire en grosses lettres : CINEMATOGRAPH THEATRE CONTINUOUS PERFORMANCE SEATS 1/-6d &3d[41]. Pour quelques sous, on pouvait donc rester tout l'après-midi dans un fauteuil à regarder des films. *Était-ce là le programme prévu par Seán ?* se demanda Benjamin.

Ils arrivèrent à la hauteur de l'entrée de service du cinéma et cela stoppa pour le moment les réflexions de l'étudiant. Un grand type maigre aux yeux caves était appuyé sur le chambranle de la porte entrouverte.

— C'est à cette heure-ci que tu te pointes, Reilly ?

— Bonjour, M'sieur O'Farrell. Je vous présente Benjamin. Benjamin, voici Stanley O'Farrell, le meilleur opérateur[42] de tout Londres et qui me fait le grand honneur de me montrer le métier !

— Minute, tu comptes le mettre où ton pote ?

— Siou plaît, M'sieur O'Farrell. C'est un étudiant de la haute et je voulais lui faire voir ce qu'on sait faire de beau, nous autres.

Seán se tourna vers Benjamin qui était resté en retrait, intimidé par l'allure peu amène de leur interlocuteur.

— C'est tout un art de projeter des films, commenta Seán. Et m'sieur O'Farrell maîtrise ça comme personne.

— T'épuise pas en pommade, p'tit péteux, ça marche pas avec moi, grogna le projectionniste.

Il sortit un paquet de cigarettes *Pall Mall* et une boîte d'allumettes de sa poche de tablier. Il en fit craquer une. Seán, pas le moins du monde rebuffé par la remarque, sourit de plus belle et fit un clin d'œil à Benjamin.

— Eh, M'sieur O'Farrell, vous me filez une sèche ?

— Bon sang, gamin, tu peux pas te payer des clopes une fois de temps en temps ? aboya O'Farrell.

Toutefois, il lui tendit quand même une cigarette, que Seán glissa derrière son oreille. Ben en resta pantois. Personne ne lui refusait rien, c'était quand même un sacré don qu'il avait là ! Après plusieurs minutes de silence et une fois son mégot écrasé sur le trottoir, Stanley regarda sa montre.

— Allez, faut y retourner. La pause est finie.

Il s'engouffra par la porte de service, Seán sur ses talons. Benjamin les suivit malgré que rien n'ait été dit pour confirmer son droit à le faire. Ils traversèrent deux couloirs étroits avant d'arriver à une petite salle plongée dans une obscurité faiblement combattue par une ampoule servant de veilleuse.

Les murs gris sale étaient tapissés de coupures de journaux, de photos dédicacées, d'affiches aux couleurs criardes. Il y avait des bouts de papier couverts de notes enfilés sur un cintre métallique, ainsi que des morceaux de films dans un saladier. Deux chaussettes en attente d'être reprisées pendaient sur le dos d'une chaise. On aurait dit la chambre d'un vieux garçon, le lit en moins. À la place trônait, au centre de la pièce, un énorme projecteur de cinéma. Une fenêtre intérieure s'ouvrait sur la salle où les spectateurs étaient en train de regagner leurs fauteuils. C'était la fin de l'entracte. La lumière était encore allumée, mais la vendeuse de bonbons s'apprêtait à repartir en coulisses avec son panier[43].

Stanley s'affaira un instant autour du projecteur, puis fit un signe à Seán, qui pressa successivement trois boutons sur un tableau électrique. Les lumières s'éteignirent dans la salle. Benjamin se glissa dans un angle de la pièce pour éviter de gêner. Il ouvrit grand les yeux, aussi captivé que s'il avait assisté à une opération chirurgicale.

L'opérateur tourna une molette, on entendit un « clac » suivi d'un vrombissement comme celui d'une machine à coudre très bruyante. Sur la vitre de la petite fenêtre, une image blanche venait d'apparaître, elle se refléta sur le grand écran dans la salle de projection. Le film était en train de redémarrer. Un carton donna quelques indications pour situer la scène : « L'Escorial – Palais du roi Philipe près de Madrid ». La musique était présente, un peu assourdie. Le récit reprit sur une scène de dialogue entre un roi et ses conseillers. Benjamin remarqua immédiatement les costumes flamboyants et ajustés qui donnaient aux acteurs un charme indéniable. Au bout de cinq minutes, Stanley s'assit sur la chaise et Seán vint s'installer près de Ben qui lui demanda à voix basse :

— De quel film s'agit-il ?

— C'est L'Invincible Armada[44]. De l'action, de l'amour, du tragique et surtout : Laurence Olivier. Il paraît qu'il fait lui-même ses cascades.

— Vraiment ?

Benjamin tenta de se plonger dans l'histoire. Seán et lui étaient épaule contre épaule et cela le déconcentrait au plus haut point. Même avec le fougueux Laurence Olivier à l'écran, son attention revenait toujours aux sensations de son biceps gauche. Discrètement, il hasarda un regard du coin de l'œil à son ami. Dans le noir de la pièce, on ne voyait que ses yeux, la ligne de son profil, de son nez, de ses lèvres. Il était si beau. Il venait d'avoir 19 ans, et pourtant, sa virilité était déjà bien affirmée, cela semblait venir de sa manière d'occuper l'espace, d'être là, bien présent. Benjamin l'enviait autant qu'il le désirait. Il voulait lui ressembler, il voulait le posséder, il voulait qu'un tel garçon le possède. Un mince soupir échappa à ses lèvres. Seán se tourna vers lui. Il lui sourit.

— Tu t'ennuies ?

— Non, non, chuchota Benjamin.

« S'ennuyer » ! On ne pouvait être plus loin du compte. Il décroisa les bras et laissa nonchalamment retomber sa main le long de sa hanche. Ce faisant, celle-ci frôla la cuisse de Seán, qui plissa les yeux en tentant de comprendre si le geste était fortuit. Benjamin se passa la langue sur les lèvres, ostensiblement. Le message ne pouvait guère être plus clair. Le jeune irlandais déglutit. Il glissa un regard en direction de Stanley puis sortit la main droite de sa poche pour venir prendre doucement celle de Ben. Le cœur de l'étudiant se mit à battre la chamade. Leurs doigts s'entremêlèrent. Pendant plusieurs minutes, ils jouèrent à se perdre : de caresses innocentes en pensées fébriles, de la chaleur de leurs paumes au rythme de leurs souffles, discrets comme des ombres et pourtant débordants d'émoi.

Au bout d'un quart d'heure, Seán lui murmura à l'oreille « Patience… », avant de s'écarter de lui pour s'occuper de préparer une bobine à enchaîner sur le projecteur. Ben, tétanisé par l'excitation, n'osait pas bouger de son coin d'obscurité. Stanley observa faire son assistant. Une fois l'opération terminée, le projectionniste se leva, constata l'irréprochabilité du travail effectué par Seán et lui tapota l'épaule, visiblement satisfait. Puis, dans un même mouvement, il attrapa sa casquette, sa veste et ouvrit la porte de la cabine avant de lancer :

— Bon, les gosses, je m'en vais faire une course. Reilly, tu gardes la baraque, OK ? T'as rien à faire à part vérifier que rien ne crame. J'en ai pour vingt minutes pas plus.

Et sans un mot de plus, il laissa les deux garçons maîtres à bord. Benjamin n'en revenait pas, ils étaient enfin seuls ! Sauf qu'à présent, mis devant le fait accompli, la trouille venait de le saisir à nouveau. Flirter était facile, aller plus loin : bien moins. Et si tout cela était une très mauvaise idée ?

— Tu peux te rapprocher, si tu veux, tu n'es pas obligé de rester caché dans le fond, commenta Seán, moins indécis sans doute, ou plus expérimenté.

— Je ne voulais pas te gêner, répliqua Ben en s'avançant timidement vers la fenêtre de projection. Alors, tu veux travailler dans le cinéma ? demanda-t-il pour parler et se donner une contenance.

— Oui, j'aimerais, répondit Seán en rangeant la 8e bobine dans sa boîte métallique.

— Acteur ?

— Non, pas vraiment, mon rêve, c'est de devenir réalisateur.

— Vraiment ? C'est dommage.

Seán se tourna vers lui, tout sourire.

— Dommage ? Pourquoi ? Tu me verrais acteur, comme lui ? dit-il en désignant le beau Laurence Olivier qui était en train d'embrasser à pleine bouche une gente dame à demi pâmée.

Benjamin se sentit rougir. Heureusement que la pièce était plongée dans le noir. Il aurait bien répondu oui, mais le sourire crâneur de Seán, qu'il devinait dans l'obscurité, le dissuada d'être tout à fait honnête.

— Pourquoi pas. Tu as l'art d'embobiner les gens, c'est un bon début.

— C'est mon charme naturel qui opère.

— Ton charme, il ne faut rien exagérer, grogna l'étudiant.

— Et j'aurais des dizaines d'admiratrices à mes pieds. Ainsi que des admirateurs, bien sûr, ajouta l'Irlandais, taquin.

Benjamin se sentit piqué par la jalousie. Rien que d'imaginer son ami entouré de demoiselles réclamant une attention, un sourire ou pire encore : un baiser. Il poussa un souffle de dépit.

— Pff, c'est ça, grogna-t-il, tout en croisant les bras sur la poitrine et se détournant de Seán.

Il se força à suivre le film. L'impétueux capitaine de la marine anglaise était aux prises avec les troupes espagnoles. Le voilà qui devait échapper à des soldats courroucés, il courait et sautait en tous sens, croisa le fer jusqu'à se trouver coincé dans une pièce en feu. Le suspense était à son comble et Benjamin retint soudainement sa respiration.

Mais ce n'était pas à cause du possible destin funeste du héros du film. Seán venait de se glisser derrière lui. Il sentit le long de sa hanche : un effleurement, presque une caresse, et le long de sa nuque : un souffle, presque un baiser. La chaleur de l'une comme de l'autre vint conquérir ses sens, affoler son cœur. Il découvrait des émotions qu'il n'avait jamais expérimentées. Benjamin ferma les yeux. Pour un peu, il pouvait se croire dans la peau de la belle lady qui, quelques minutes plus tôt, était tombée dans les bras du fringant héros.

Un long frisson lui parcourut l'épine dorsale, vibrante réponse à cette troublante façon qu'avait Seán de le séduire, de lui imposer tout son être, de se rappeler à sa chair et de le tenter. De le convaincre. Il inspira, lentement, et expira. L'obscurité et le cliquetis du projecteur, tous deux rassurants, emplissaient la petite pièce. Il avait l'impression d'être à l'abri dans une coquille, caché aux yeux du monde entier. Derrière lui, Seán se rapprocha encore. Son torse était à présent tout contre le dos de Benjamin, il glissa ses bras autour de sa taille et du bout de son nez, il dessina la ligne de son cou, et de son oreille.

— C'est maintenant que tu dois me dire d'arrêter, murmura le jeune Irlandais.

Au ton de sa voix, Ben devina qu'il était assez peu sûr de lui, mais n'en voulait rien laisser paraître. L'étudiant ne répondit pas. Les mots glissèrent sur sa peau comme lavée par l'incontournable tentation. Des restes de son éducation prude essayèrent de le détourner du péché imminent, cependant, il était bien trop tard. Toute raison de se refuser au plaisir déserta son esprit. Que l'on dise que c'était un caprice : soit, tant pis. Il ferait le tri de ses sentiments plus tard, pour le moment, il voulait ce baiser, il voulait cette caresse et il voulait Seán. Alors, il se tourna doucement au creux des bras qui l'enlaçaient. À tâtons, toujours les yeux clos, il trouva le visage de son ami dont la bouche rieuse lui baisa les doigts. Puis il osa... Il osa s'approcher encore. Il osa nouer ses bras autour de son cou. Il osa toucher ses lèvres des siennes et les sentir frémir, s'offrir. Seán entrouvrit les lèvres et Ben y coula sa langue avidement. Il avait vu un couple faire ainsi à la gare de Paddington. Sa mère lui avait dit de détourner le regard devant ce spectacle indécent. Il y avait repensé des nuits entières.

Comme ses lèvres sont douces, se dit-il en approfondissant leur baiser. Douces et possessives, conquérantes ? Oui, il y avait de la conquête à s'embrasser ainsi, il y avait un défi. Alors c'était cela le désir, cet affolement, ce chaos, l'humidité d'une bouche, la maladresse de leurs gestes et toute cette chaleur qui lui descendait au bas des reins. Était-ce la passion qu'il expérimentait ? Une partie de lui n'y croyait pas, c'était un peu comme un rêve très précis, une histoire se déroulant sans prise directe avec le réel. Il nageait en un songe où son corps se donnait sans retenue aux bouillonnements de la sensualité.

Derrière les deux garçons, les héros de *L'Invincible Armada* continuaient leur aventure épique. Les voix étouffées et la musique leur parvenaient à peine, assourdies par le bruit du sang palpitant à leurs tempes. Le film arrivait dans ses dernières minutes de bande et Stanley ne tarderait certainement pas à réapparaître. Mais Benjamin ne voulait pas revenir à la réalité.

Ce fut Seán qui rompit leur baiser et l'étudiant en grogna de frustration. Le jeune Irlandais avait les yeux brillants.

Il semblait fiévreux et, à en croire le pli suspect que formait son pantalon, lui aussi était passablement frustré. Les deux adolescents restèrent plusieurs secondes à simplement se regarder, se deviner, dans l'ombre de la petite pièce. Ils ne savaient pas quoi se dire. Que pouvait-on bien dire d'ailleurs après ce genre d'expérience ? Benjamin n'en avait aucune idée. Ils n'eurent pas le temps de se poser plus avant la question. Un bruit de pas dans le couloir les força à se séparer pour retrouver des attitudes innocentes. Seán retourna près du projecteur et Benjamin reprit son poste dans le fond de la pièce. La porte de la cabine de projection s'ouvrit et Stanley y rentra, un sac sous le bras. Il posa le paquet sur la chaise, accrocha sa veste sur une patère et alors seulement il demanda :

— Bon, on en est où ?

— Dernière bobine, M'sieur O'Farrell, répondit Seán, presque au garde-à-vous.

Benjamin lui envia sa capacité d'adaptation. Lui-même était embarrassé au possible par une vigoureuse érection qu'il n'arrivait pas à dompter. Il en était à espérer que la fin du film n'arriverait pas trop vite, pour que cette gêne puisse s'apaiser tant que l'obscurité parvenait encore à la cacher. Repenser au baiser passionné qu'il venait d'échanger n'était certainement pas la meilleure solution pour résoudre son problème, mais hélas, alors qu'à l'écran, une reine fardée déclamait une tirade inspirante à ses soldats, Ben rejouait en boucle dans son esprit sa superbe première fois dans les bras d'un garçon.

1946, septembre

C'était du mou pour ses chats. Benjamin s'en souvient à présent.

Ce que Stanley O'Farrell était allé acheter ce jour-là, c'était du mou pour ses chats. Entre la petitesse des lieux et la chaleur du projecteur, la cabine de projection avait senti la barbaque crue pendant tout le dernier quart d'heure du film. Lorsqu'ils étaient sortis, en fin d'après-midi, l'opérateur leur avait raconté, attendri, qu'il en avait besoin pour nourrir une portée de chatons abandonnés trouvés près de la porte de service du cinéma. Ce grand type, stoïque, parlant de ses chats avec un sourire dans les yeux, ce n'était pas la moindre des expériences de cette journée extraordinaire, se dit Benjamin en se passant les doigts sur les lèvres. Il les trouve un peu sèches. Cela fait des années que personne ne les a embrassées. Pas comme ça, pas avec cet empressement, ce romantisme, cette étincelle qui bien souvent nimbe les premiers baisers.

Seán savait très bien embrasser. Fougueusement, comme dans les films. Il aurait sans doute fait un excellent acteur, charismatique et diablement séduisant, de cela Ben reste persuadé.

Le jeune médecin essaie de reprendre son travail d'écriture. Aujourd'hui, pour il ne sait quelle raison, il ne parvient pas à se concentrer. Le passé lui attrape l'attention toutes les deux minutes et même si ce sont des souvenirs heureux, il s'en méfie. La frontière entre la saine nostalgie et la mélancolie morbide est ténue. Il se sait sensible à la neurasthénie. Encore un mal dont il souffre depuis la guerre et pour lequel il n'a pas encore trouvé de remède. Décidément, il fait un bien piètre soignant, en tout cas pour lui-même.

À l'étage, le tourne-disque a été coupé. Le silence refait son royaume du dispensaire. Le calme inaccoutumé participe à l'indiscipline de ses pensées. Ce calme profond, il le craint également. Lui a toujours préféré le bruit, les voix, les chants, les rires, les murmures, les souffles, le grand poème de la ville.

Il frissonne.

Dans un hôpital, les bruits sont rarement ceux de la joie. Bien sûr, il y a les cris, les pleurs, les gémissements, mais ils sont les indices que la vie est toujours là. Le bruit accompagne la vie. La mort, elle, a un règne silencieux.

Et Benjamin exècre le silence.

CHAPITRE 12

1937, août

La musique envahissait tout, folle, battante, rythmée par le bruit des talons sur le parquet, par les rires et les éclats de voix. De grands miroirs couvraient les murs et donnaient l'impression que la salle circulaire était immense et la foule pléthorique. Toute une horde de jeunes gens était réunie sous la rotonde du *Dance hall*[45] de Shepherd's Bush et l'ambiance endiablée rendait Benjamin un peu ivre alors qu'il n'avait bu que de la limonade. Assis sur un tabouret branlant, il ne bougeait plus, totalement fasciné par ce qu'il découvrait dans ce lieu de « débauche », comme l'aurait qualifié Rupert.

Après l'aventure du cinéma et une brève étape par la roulotte de Mɪ Dᴏᴇ pour que Seán récupère une veste et change de gilet, c'était dans un dancing qu'ils avaient atterri. Décidément, cette journée n'en finissait pas d'être exaltante. Il était près de huit heures du soir. À ses côtés, son ami, debout, appuyé à une petite colonne en bois peinte, battait la mesure des mains et du pied. Le jeune Irlandais était en bras de chemise, un gilet de lin marron lui affinait la taille et son pantalon lui dessinait un postérieur absolument splendide. Il avait dompté ses cheveux bruns avec un peu de pommade Gomina[46], dégageant ainsi son regard magnifique. Pour Ben, il était beau comme un dieu antique, beau comme une vedette de cinéma, aussi beau que ce Rudolf Valentino[47] dont sa tante Pearl gardait jalousement la photographie dédicacée dans un petit cadre sur sa table de chevet.

— Alors, t'en penses quoi ? lui demanda soudain Seán en se penchant vers lui.

Benjamin sortit de sa rêverie par un mouvement réflexe. Il porta sa main à son front, qu'il sentit brûlant.

— Il fait horriblement chaud ! répondit-il en desserrant un peu le nœud de sa cravate.

— Hahaha, là, c'est rien ! Attends d'avoir dansé !

— Tu appelles ça « danser » toi ? Ils marchent en gigotant !

— Ils gigotent en rythme, alors c'est de la danse ! L'important, c'est la musique. Viens, je te montre !

— Non, je vais être ridicule...

— Ridicule ? Non ! Enfin... pas plus ridicule que les autres, en tout cas.

— Merveilleuse perspective.

Seán lui jeta un juron affectueux avant de le saisir par le poignet.

— Viens ! Allez ! insista-t-il.

Et, sans attendre sa réponse, il le tira sur la piste où tous les danseurs étaient en train d'amorcer une drôle de marche en cercle. Le jeune Irlandais commença à balancer des épaules, à relever les coudes et à déambuler avec les autres en faisant régulièrement des bonds qui semblaient anarchiques.

Benjamin resta plusieurs secondes debout sans savoir quoi faire, puis finit par se décider à suivre le mouvement. Il essaya de copier les gestes de son ami, tentatives clairement infructueuses. Seán, le sourire jusqu'aux oreilles, vint à ses côtés pour le guider. Il lui montra comment remuer en rythme.

— Bon sang que tu es raide ! commenta-t-il, taquin.

— Oui, je sais ! Une vraie batte de cricket, grogna Benjamin, à deux doigts d'abandonner.

Il jeta un regard d'envie vers son tabouret au bord de la piste. Seán, devinant son intention, lui attrapa les mains et les lui colla sur ses propres hanches. Benjamin eut un hoquet de surprise et voulut se dégager, mais son ami les maintint fermement rivées là où elles étaient. L'étudiant jeta un regard frénétique autour de lui. Personne ne semblait avoir réagi, ni les avoir remarqués. Tout le monde riait, applaudissait, remuait des genoux et se fichait pas mal de deux garçons jouant au couple. Ses doigts étaient si crispés qu'il aurait pu parier que les plis du pantalon de Seán allaient s'imprimer sur ses paumes. Il pouvait presque sentir la texture de sa peau comme si aucun tissu ne la recouvrait. Il avait chaud, si chaud. Son ami ne s'en formalisa pas.

— On commence par les jambes. Tu les remues quand je remue, vas-y !

— Attends, attends ! Plus lentement !

— Ça n'existe pas le swing lent ! Allez, lance-toi !

Suivre le rythme parut tout d'abord à Ben affreusement difficile. Il s'emmêla les jambes, recula quand il ne fallait pas, bouscula un grand type qui prit la chose en rigolant, et essaya malgré tout de se concentrer sur les mouvements de son ami. Seán avait la taille fine et diablement souple, le pied léger et sûr à la fois. De le voir bouger ainsi, de façon si saugrenue et à la fois si provocante faisait palpiter le cœur de Benjamin. Il eut bien du mal à focaliser son esprit ailleurs que sur l'irrépressible chaleur qui lui descendait jusqu'au bas des reins.

Seán avait libéré ses poignets et lui montrait comment accompagner ses pas de gestes absurdes, de grimaces, de claquements de mains. Benjamin se sentit moins tendu maintenant que ses doigts n'étaient plus en contact avec les hanches de son ami. Il se hasarda à des improvisations. Au bout d'une dizaine de minutes, il était en nage, mais il commençait à s'amuser. C'était clownesque et très défoulant. Les rythmes swing, finalement bien moins codifiés que ceux des danses de salon qu'il avait appris, finirent par lui venir plus naturellement. Il suffisait de laisser parler son corps, sans se soucier des autres danseurs. En vérité, c'était follement drôle et Seán faisait un professeur tout à fait honorable. Benjamin fit alors l'imbécile pour le faire rire et les deux garçons rivalisèrent bientôt de créativité pour se surprendre, s'amuser, se séduire.

L'heure tourna et, sans qu'ils s'en rendent compte, le crépuscule fut dissout par la nuit. À près de dix heures du soir, ils furent rejoints par deux jeunes filles. L'une d'elles, blonde comme les blés et avec une fleur en tissu cousue sur son chemisier, demanda à Seán s'il voulait partager la prochaine danse avec elle. Le jeune Irlandais accepta de bon cœur et, faisant un clin d'œil à Ben, il lui désigna d'un coup de menton la copine de sa cavalière qui n'osait pas faire la même démarche. Poliment, Benjamin lui tendit la main, comme au bal, pour l'inviter sur la piste. La jeune fille se présenta, elle s'appelait Margaret, et le suivit volontiers. Ils se lancèrent dans une sorte d'ersatz entre la valse et le charleston qui s'avéra finalement plutôt agréable.

La première danse s'enchaîna d'une deuxième, puis d'une troisième. Margaret avait une robe rose pâle serrée à la taille qui lui dessinait des hanches voluptueuses bien qu'encore adolescentes. Benjamin posa ses mains sur celles-ci pour accompagner une suite de pas sautés. La jeune fille eut un petit rire de surprise devant son audace et, flattée, ne le repoussa pas. Il lui répondit par un sourire assuré. Mais au bout de quelques secondes, il retira ses mains, choqué. Une abrupte réalisation venait de se heurter contre les sages rayonnages de son esprit bien ordonné : les courbes de Margaret le laissaient parfaitement indifférent. Elles n'avaient pas les séductions de celles de Seán, elles n'étaient ni aussi fermes, ni aussi brûlantes. Elles n'étaient pas celles d'un mâle, voilà tout.

Il avait essayé, pour voir, pour comparer, pour jouer à se tester sans trop évoluer le poids qu'une telle découverte pourrait avoir sur sa conscience et son corps avait réagi avec une honnêteté confondante. Benjamin ralentit ses pas. Son cœur battait fort et la tête lui tournait un peu. Il chercha son ami des yeux, ne le trouva pas tout de suite dans la foule dansante et commença à paniquer. Et s'il était parti avec la jolie blonde entreprenante ? Et s'il l'avait laissé là, seul avec cette révélation qui venait de lui tomber sur le crâne comme une enclume ? Ce n'était pas si facile à avaler, tout de même, que les charmes féminins le laissaient de glace, qu'il était peut-être un infirme, un malade, que tout cela n'était pas qu'un simple flirt amusant. Une angoisse l'agrippa soudainement : est-ce que cela se voyait déjà qu'il était *comme ça*[48] ? Allait-il bientôt avoir un comportement efféminé comme ces garçons que l'on traitait de tapettes dans les couloirs de *New College* ?

— Je... il faut que je m'asseye un instant. Vous voulez bien m'excuser, Margaret ? balbutia-t-il en la plantant là avant de regagner au plus vite les tabourets du bord de la piste de danse.

Il s'assit lourdement. Il avait envie de pleurer. Où était passé Seán ?

Comme pour répondre à sa supplique intérieure, le jeune Irlandais arriva presque aussitôt en fendant la foule, suivi de sa cavalière et de Margaret qui semblait très gênée. En le voyant debout devant lui, Benjamin faillit bondir de son siège pour l'assommer d'un coup de poing ou se jeter dans ses bras. Il tremblait trop pour savoir que choisir. L'hésitation l'empêcha de réagir.

— Eh bien, tu l'es, pâle. T'es malade ? demanda Seán, le regard plein d'inquiétude.

Le mot « malade » fit à Benjamin l'effet d'une douche glacée. Malade ? Non, il n'était pas malade. Il était normal, un garçon parfaitement normal. Il se redressa et avala sa salive avant de planter un sourire sur son visage et de jeter la première excuse normale qu'un garçon normal pourrait dire.

— Non, c'est cette danse qui m'a fait tourner la tête. C'est tellement moderne ! Quand je vais apprendre ça à Violet, elle va adorer !

— Violet ! C'est ta sœur ? commenta spontanément Margaret.

Dans le regard de la jeune fille, il y avait clairement l'espoir que Benjamin lui dise oui.

— Non, c'est pas sa sœur, commença à répondre pour lui Seán d'un air ironique. C'est son amie d'enf...

— C'est ma fiancée, lâcha Ben.

Il plaqua aussitôt sa main sur sa bouche. Une seconde de blanc accueillit sa révélation.

Mais pourquoi avait-il balancé la chose ainsi ? Même lui n'en avait aucune idée.

— Quoi ! s'étonnèrent en chœur Seán et Margaret.

Devant leurs yeux effarés, l'étudiant se décomposa.

— Non mais, en fait, pas vraiment, on n'est pas encore fiancés, c'est en projet, c'est...

Seán releva les sourcils et Benjamin aurait voulu pouvoir disparaître, englouti entre les planches disjointes du parquet. Il tenta de se rattraper.

— Je te jure. Rien n'est fait, c'est vraiment du théorique, plaida-t-il en coulant un regard penaud vers Seán.

Celui-ci le toisa d'un air sceptique, un peu amusé tout de même de sa tentative de justification. Margaret accusa le coup avec plus d'émotion. Les lèvres pincées, elle se retenait de pleurer en respirant par le nez. La cavalière de Seán se mit à rire gentiment de la déconfiture de sa copine. Elle lui pinça la taille pour la distraire, puis se tourna vers son cavalier et lui demanda avec aplomb :

— Et toi, tu es théoriquement fiancé aussi ou la place est encore à prendre ?

Visiblement, cette jeune femme n'avait pas envie de perdre son temps. Les deux garçons en restèrent un instant décontenancés.

— Oh bah moi, en ce moment, je suis « théoriquement » courtisé par une personne pas franchement à l'aise avec le sujet, répondit Seán avec un sourire de chat.

Sa cavalière s'exaspéra.

— Ohlala, quelle énigme tu fais ? Mais tu es pris : oui ou non ?

Seán jeta un coup d'œil interrogateur à Benjamin qui lui renvoya un regard mortifié. *Oui, oui, oui, il l'est*, voulait-il répondre à sa place. L'Irlandais prit son temps pour servir sa réponse, se délectant de l'air suppliant de l'étudiant.

— J'suis pas engagé, mais on m'a bien attrapé le cœur, je le crains, ma jolie, finit-il par lâcher avec un sourire en direction de Benjamin.

Les jeunes filles observèrent l'échange de regards entre les deux garçons. La cavalière de Seán eut un petit rire retenu.

— Je vois, conclut-elle.

Elle agrippa son amie par la main et sans plus de cérémonie l'entraîna à l'autre bout de la piste, vers une tablée de gaillards rigolards. Seán poussa un souffle un peu moqueur et, avec le plus parfait détachement, entreprit de rajuster ses bretelles. Benjamin était loin de ressentir la même décontraction.

— Qu'est-ce qu'elle a vu ? dit-il en fixant les deux jeunes femmes avec l'espoir absurde de pouvoir lire sur leurs lèvres ce qu'elles étaient en train de se raconter en gloussant à plus de trente mètres de là.

— On s'en fiche, jeta Seán, toujours préoccupé par son allure.

— Non, on ne s'en fiche pas. Tu crois que ça se voit tant que ça ?

— De quoi ? Que tu es « presque » fiancé ? rétorqua Seán avec ironie.

Benjamin l'observa, mouché et contrit. Pourquoi lui avoir caché jusqu'à présent que Violet allait être sa fiancée ? Il l'avait blessé avec ses cachoteries. Il s'en voulait de sa maladresse. Elle n'avait été qu'une manifestation de sa peur. D'ailleurs, il avait encore peur. Peur de ce qu'il ressentait, peur de son cœur qui battait à se rompre à l'idée d'avouer ce qu'il avait en tête. Pourtant, il voulait plus que tout confesser ses sentiments.

— Mais non, c'est que… que je… amorça-t-il.

Soudain, un long miaulement retentit dans la salle, suivi de rires. Le jazz band venait d'entamer une nouvelle chanson. La clarinette débuta sur une mélodie sautillante que les danseurs accompagnèrent de sifflements et la voix du chanteur résonna, très rocailleuse sous la rotonde bondée.

There's one pet I like to pet

And every evening we get set
I stroke it every chance I get
It's my girl's pussy[49] !

Benjamin ouvrit des yeux comme des soucoupes en comprenant soudain le double sens des paroles. Cette chanson était-elle réellement en train de décrire les séances de masturbation qu'un garçon offre tous les soirs à sa maîtresse ? Il semblait bien que oui. Le reste de son éducation pudibonde venait de rendre l'âme sur un air de swing.

— Non ! Dis-moi que ce n'est pas ce que je crois ? demanda-t-il à Seán en tentant de parler plus fort que la musique.

Son ami fit mine de ne pouvoir l'entendre avec tout le bruit ambiant, puis se refocalisa avec dédain sur la chanson. Il boudait ?

— Cela ne parle pas d'un chat, on est d'accord ? plaisanta Ben en guise de rameau d'olivier.

L'Irlandais ravala un ricanement, se retourna et lui lança un regard navré. L'espace d'un instant, un drôle d'éclat traversa ses iris vert d'eau. Il se passa ostensiblement la langue sur les lèvres et se rapprocha de Benjamin. Ce dernier eut presque envie de faire un pas de recul, il avait l'impression d'être le canari devant un matou affamé. Seán se rapprocha encore, et plus près encore, au point d'avoir pratiquement son torse plaqué contre le sien. Benjamin, pris de panique, commença à lever les mains pour l'arrêter avant qu'ils ne soient entraînés à faire une bêtise. Un baiser ? Ici ? Oui, cela serait une très grosse bêtise. Tétanisé, il n'avait pourtant pas la volonté de le repousser tant l'envie de regoûter à ses lèvres lui tenaillait l'esprit depuis des heures. *Tout de même*, lui soufflait sa raison, *pas ici, pas devant tout ce monde !*

En fond sonore, les paroles gaillardes de la chanson soulevaient de nouveaux rires. Seán souriait malicieusement, son regard félin rivé sur la bouche de Benjamin qui ferma les yeux. *Après tout, advienne que pourra*, pensa-t-il, résigné. Mais à la dernière seconde, alors qu'il sentait l'haleine de son ami effleurer ses lèvres, Seán se pencha à sa droite et vint, plutôt que de l'embrasser, lui fredonner à l'oreille un long « Miaouuuuu ».

Dégrisé, frustré et rouge de gêne, Benjamin rouvrit les yeux immédiatement et poussa son ami avec humeur. Vexé, il retraversa la piste, bousculant un couple au passage, et fonça droit vers la sortie, laissant le jeune Irlandais parfaitement sidéré par sa réaction. Ben n'en avait que faire. Il bouillait de colère. L'air plus frais de la nuit le fit violemment frissonner, il avait laissé sa veste à l'intérieur. Il tapa du pied comme un gosse. Quel imbécile ! Il y avait cru ! Bon sang, il y avait cru à ce baiser donné devant la terre entière, à cette déclaration qu'il avait failli faire, malgré la peur, malgré les interdits, malgré tout ça ! Merde à la fin ! C'était trop compliqué cette histoire !

— Ben ! entendit-il derrière lui.

Seán l'avait rejoint. Il était essoufflé, décoiffé. Il apportait leurs deux vestes. Benjamin lui arracha la sienne des mains et s'en revêtit tout de suite. Cela ne l'empêcha pas de continuer de trembler.

— Qu'est-ce qui t'a pris ? lui demanda Seán.

Ah ça, c'était trop fort !

— Tu ne devines pas ?

— Eh bah, je… euh… pas vraiment… je…

— Ah oui, tu ne devines pas ? Même pas une petite idée ? Allons, Seán Reilly, un petit effort, je suis sûr qu'il doit en être question dans un de tes recueils de poèmes. Le coup de foudre, la passion soudaine qui vous fait faire n'importe quoi ! Non, cela ne te dit décidément rien ?

L'Irlandais se mordit la lèvre et poussa un soupir en détournant les yeux.

— Écoute, Ben, c'est pas que j'en ai pas envie, très envie même, mais tu vas te fiancer.

— Je ne vais pas me fiancer, je ne veux pas me fiancer. Je te veux : toi !

— Tu es dingue. Tu m'as bien regardé ? Nous deux, c'est…

— Mais c'est quoi, justement ? J'y comprends rien moi, alors vas-y, je t'écoute.

— Nous deux, c'est… C'est illégal, pour commencer. Et par-dessus le marché, si tu dois te fiancer, j'aurais l'impression de… de te pousser à faire une connerie énorme, avoua Seán dans un soupir.

— Répète-moi ça en me regardant dans les yeux.

— Benjamin, je ne…

Exaspéré, l'étudiant l'attrapa par le revers de sa veste et l'entraîna dans la minuscule ruelle menant à l'entrée des artistes et là, à l'ombre d'une grande pancarte publicitaire qui vantait les mérites de l'eau de table *Schweppes*, il lui happa la bouche. Dans sa tête, c'était un tintamarre où se mélangeaient les rythmes assourdis du *Danse Hall*, le bruit de leurs souffles, de leurs battements de cœur, et ce « enfin, enfin, enfin » que ne cessait de lui hurler son cerveau. Il avait chaud, il avait froid, il avait le vertige, il ne savait absolument pas ce qu'il faisait. Son corps décida pour lui. Ses mains décidèrent pour lui. L'une d'elles, intrépide, inconsciente, descendit de l'épaule où elle s'était accrochée, le long du bras, du torse, du ventre de Seán pour s'aventurer plus bas, encore plus bas, jusqu'à enfin découvrir la ferme réalité d'un désir partagé. Le tissu du pantalon était rêche, la peau qu'il couvrait devait être, elle, douce et brûlante. Benjamin gaina de sa paume le sexe bandé de son ami et commença à le caresser. Seán eut un sursaut, un râle de plaisir s'arracha à sa gorge, interrompant leur baiser.

— Attends, Ben. Attends deux secondes. Tu as déjà fait ça ?

Sa voix était rocailleuse, indécise, embuée d'une passion mal contenue. Elle exaspéra les sens de Benjamin. Pourquoi s'interroger maintenant !

— Fait quoi ? Me masturber ou masturber quelqu'un d'autre ?

Un instant de silence, puis un soupir amusé.

— Je ne sais pas, les deux ?

Benjamin s'impatienta, ce n'était pas le moment qu'il perde son audace. Une fois tiré de ce rêve éveillé, il serait bien temps de mourir de honte, mais pour l'instant, dans la semi-obscurité de la ruelle étroite, il voulait profiter du désir indompté lui engluant fort opportunément la raison.

— Oui et non, rétorqua-t-il tout en tirant sur la ceinture de Seán d'une main et en glissant l'autre entre le tissu tendu et la peau.

Ses doigts rencontrèrent enfin l'érection de son ami. Il alla pour reprendre les choses en main au sens le plus littéral lorsque Seán lui attrapa le poignet, haletant.

— OK, euh... on se calme. Tu es sûr que tu veux faire ça ? Je veux dire avec moi, ici ?

— Oh bon sang, c'est toi qui as commencé tout à l'heure, tu vas pas te dégonfler maintenant parce que j'ai jamais paluché un autre garçon !

— Mais non, mais... Déjà, je ne me dégonfle pas et... « paluché », t'as dit ? Tu connais ce mot-là, toi ?

— Pff, palucher, branler, tripoter, s'astiquer, se pignoler... ça va, j'ai assez de vocabulaire, on peut passer aux travaux pratiques ?

Seán ne parvint pas, cette fois, à contenir un rire étouffé. Benjamin souffla d'impatience. De l'impatience pour cacher

 qu'il était mort de trouille et fou d'excitation à la fois. Seán se passa la langue sur les lèvres et sembla chercher en lui des arguments sensés, raisonnables. Ce petit manège dura plusieurs secondes, interminables. Ben sentit sa détermination s'effilocher dangereusement jusqu'à ce que Seán l'attrape soudainement par la nuque et l'embrasse à son tour. Il mit de la force dans ce geste, de la violence même. C'était comme s'il avait quelque chose à se prouver, ou à lui prouver. Ses doigts se perdirent un instant dans ses cheveux, s'y emmêlant, sans délicatesse, et étrangement, cela électrisa d'autant plus les nerfs de Ben. Il se laissa manipuler, dominer jusqu'à ce que, n'y tenant plus, il se décide à reprendre le fil d'une caresse plus précise.

Cette fois, Seán, interrompant leur baiser, dénoua sa ceinture et ouvrit sa braguette. C'était une folie, mais Benjamin, ne prenant pas le temps de peser le pour et le contre, fit de même. Il captura la main de Seán dans la sienne et l'invita à venir se saisir de son désir tandis que lui-même se permettait également cette hardiesse.

Le premier contact des doigts de son ami autour de son sexe lui fit l'effet d'une décharge électrique. Lorsque Seán commença à le caresser, Benjamin sentit ses jambes flageoler. Il poussa un grognement rauque dont il fut le premier surpris. C'était bon, diablement bon, mille fois plus bon que lorsqu'il se hasardait à se procurer lui-même ce plaisir.

Pourquoi était-ce à ce point extraordinaire ? ne put-il s'empêcher d'analyser. Fichue hérédité de médecin. Il voulait savoir pourquoi son corps s'affolait autant. La fermeté de cette main étrangère, la découverte de l'interdit, l'excitation de faire cela ainsi, debout dans une ruelle. Un mélange de tout cela sans doute et aussi *parce que c'était moi et parce que c'était lui*, récita-t-il intérieurement en riant d'extase. Seán. Son poète déguisé en voyou. S'il savait, son amoureux de poésie, qu'il était en train de se réciter du Montaigne[50] en le masturbant. Perdu entre ses pensées romanesques et son plaisir aveuglant, Benjamin peinait à se concentrer sérieusement sur la réciprocité de l'acte. Qui plus est, il était maladroit, il le sentait ; incapable de suivre un rythme, trop fasciné par les sensations qu'il expérimentait pour pouvoir maîtriser une quelconque technique. Et pourtant, au milieu de l'enchevêtrement de leurs gestes erratiques, dans le tumulte de leurs souffles mêlés, la jouissance parvint à les saisir au même instant.

Il leur fallut une bonne minute pour reprendre leurs esprits. Ils étaient totalement décoiffés et débraillés. On aurait pu croire qu'ils venaient de se battre, si ce n'était que leurs bouches rouges et moites ainsi que leurs prunelles fiévreuses trahissaient bien autre chose. La lanterne au-dessus de la porte de service faisait une faible lueur, mais c'était suffisant pour souligner le regard de Seán, plus pétillant qu'un verre de champagne. Il souriait, enivré. Et Benjamin, transporté de joie lui aussi, ne parvint pas à s'empêcher de lui demander :

— Alors, c'est toujours une immense connerie ?

— Oui, c'en est une et une belle, je peux vous le dire !

Seán et Benjamin se crispèrent soudainement au son de cette voix surgie de l'obscurité. Les deux garçons se séparèrent d'un bond, malgré leurs braguettes béantes et leurs doigts maculés de sperme. Devant eux se tenait Gordon Digby, les poings sur les hanches et la mine véritablement furibonde. Il avait ôté son costume de Miss Gladys et enfilé des vêtements masculins passe-partout et insipides qui ne lui allaient pas vraiment, ou du moins pas aussi bien que le bibi et la jupe courte.

— Oh doux Jésus, rhabillez-vous donc plutôt que de me regarder comme si j'avais deux têtes.

Les deux adolescents obéirent aussitôt pendant que Gordon continuait de plus belle :

— Ah ce n'est pas possible d'être inconscient à ce point. Il y a ton oncle qui te cherche partout, Benjamin. Et j'ai eu beau lui servir un conte de fées aux petits oignons, je ne crois pas qu'il ait été dupe. Je peux te dire qu'il n'est pas heureux de s'être fait rouler dans la farine. Seán, tu ferais bien de filer avant qu'il ne te tombe dessus. Je ramène ton petit copain au *Cat's Cream* où il est attendu de pied ferme.

L'étudiant était trop stupéfait encore pour réagir.

— Je viens avec vous, déclara Seán en sortant plus rapidement de sa sidération.

— Ah non, ça, je te le déconseille, gamin, objecta Gordon.

Mais le jeune Irlandais n'était pas de nature à rendre les armes si facilement.

— Je viens avec vous. Cette soirée était mon idée. J'en assumerai les conséquences.

Gordon se carra devant lui, très sérieux et curieusement intimidant malgré sa silhouette longiligne.

— Non, tu ne feras pas ça. Et je vais te dire pourquoi : parce que c'est suicidaire. On n'est pas dans un de tes recueils de poésie. L'artiste miséreux ne finit pas par épouser la belle comtesse, ni par s'enfuir avec le fils du comte. Tu sais très bien comment ça se passe, les gamins de la haute sont protégés, s'il y en a un qui doit se faire dénoncer : ça sera toi, pas lui. On n'est pas à Paris. Ici, tu risques la taule et, crois-moi, avec ton minois et tes beaux yeux, ça ne sera pas de tout repos.

— Mais… commença Seán avant que Benjamin ne l'interrompe.

— Il a raison. Je ne veux pas qu'il t'arrive quelque chose par ma faute.

— Et je te laisserais affronter cela tout seul ? Plutôt la prison qu'être un lâche !

— Non, ne t'inquiète pas. Je ne risque rien. Mon oncle n'est pas un mauvais homme. Fais-moi confiance. Je sais me défendre, tu sais.

Seán l'attrapa soudain par les épaules et dans un même élan l'enlaça fougueusement. Son cœur battait très fort et Benjamin lui rendit son étreinte avec autant de force pour tenter de lui montrer son courage.

— Ben, j'ai un mauvais pressentiment. Et je… j'en crèverais si je peux pas te revoir, lui avoua Seán au creux de son cou.

L'étudiant déglutit, cette déclaration inattendue acheva de lui nouer les tripes. Il lui sourit malgré tout, en s'extrayant de la chaleur de ses bras.

— On va se revoir. Crois-moi. On va se revoir, je te le promets, plaida Benjamin en venant lui prendre les mains. Je vais trouver un moyen, je te jure que je vais trouver.

Derrière eux, Gordon força un toussotement. Il fallait qu'ils se séparent. Ben serra les doigts de son ami, fort. Seán avait les yeux remplis d'admiration, il le regardait comme s'il était un héros de guerre partant au front. L'étudiant déglutit, l'estomac noué. Il n'y avait pas une once de courage en lui, il était mort de trouille, mais il ne voulait pas le laisser voir. Alors, il se força à sourire, les lèvres serrées, et se détourna de lui pour suivre Gordon en direction d'Uxbridge Road. Il accéléra le pas à la suite du serveur, les jambes en coton et le cœur dans les chaussures. Il se retint de se retourner, sentant bien que sa maigre résolution risquait de se décomposer s'il ne faisait qu'entrapercevoir la silhouette de Seán. Il en aurait bien eu besoin pourtant, de l'avoir à ses côtés, de sentir sa main dans la sienne, son énergie, car en cet instant, il en manquait cruellement. Il se voyait comme un enfant, un gamin, qui a fait une très grosse bêtise et qui ne sait absolument pas comment la réparer.

Et si même il fallait qu'il la répare…

CHAPITRE 13

1946, septembre

Benjamin pousse un soupir, et se passe la main dans les cheveux. Trop longs. Ses mèches châtain commencent à boucler sur sa nuque. Avec ses grands yeux ourlés de cils noirs, sa bouche boudeuse et son air d'étudiant, on lui donne encore du « gamin » ou du « mon garçon » quand il se hasarde à se rendre à des dîners en ville.

« Mon garçon » ! Quelle ironie ! La guerre l'a fait grandir violemment, lui et toute sa génération chassée avec fracas des douces années que l'on a dit folles. Folles d'insouciance, folles d'espoir et folles d'envie de vivre. Les garçons des années 30, ceux qui allaient s'amuser dans les *dance halls*, les garçons comme lui, ont été douchés par l'orage du second conflit mondial. Parce qu'ils avaient beau être juste des garçons, il avait bien fallu s'enrôler. Il y en a eu pour le faire volontairement, mais tout de même, l'enthousiasme à partir défendre la Patrie en danger avait été moins prompt qu'en 14.

Certainement que les récits des vétérans de la Grande Guerre, pères et grands-pères, en avaient refroidi plus d'un.

Pas lui.

Lui s'était précipité pour s'engager. Et pas n'importe où. La R.A.F, l'aviation. Pas par courage, ni pour le prestige de l'uniforme ou pour ces âneries de chevaliers du ciel domptant leurs montures de métal. Certainement pas pour ces raisons-là, non.

Ben a devant lui, posées sur le bureau, des enveloppes arborant l'en-tête de l'Armée de l'air. Il sourit, il a un goût amer dans la bouche. Il se souvient de ces beaux gars dans leurs blousons d'aviateurs, des lunettes sur leur front et de leurs clins d'œil aux filles. Tous n'étaient pas pilotes. Tous n'avaient pas de quoi frimer. La plupart ne revenaient pas de leurs missions. Malgré cela, malgré les risques, lui, l'adolescent mal dégrossi, avait voulu s'engager. Désespérément.

Son père avait refusé, pour le protéger et parce qu'il n'était pas dupe de ses réelles motivations. Il n'était pas majeur à l'époque, à peine 19 ans, et pas moyen de faire quoi que ce soit contre la décision paternelle. Sa mère en serait certainement morte de chagrin, Benjamin, le fils unique, le fils tant espéré risquant sa vie quelque part au-dessus des nuages, impossible.

Alors, devant le front buté de son père et les larmes de sa mère, il avait cédé, avec résignation, avec colère, avec surtout en tête une volonté farouche de contourner les obstacles. Sa première action fut d'interrompre ses études pour se porter volontaire comme aide-soignant à l'EHS[51]. C'était dans le sang de tous les hommes de la famille, après tout. Eduard Taylor, le père médecin, héros de guerre, reconnu par la profession, ne pouvait pas l'empêcher de suivre cette voie-ci, celle du secours aux blessés. Un chemin de traverse, de planqué, mais un chemin quand même vers celui qu'il aimait. Les premiers mois, Benjamin avait fait ses armes au St Thomas

Hospital, espérant que parmi les soldats recueillis dans cet immense établissement réservé à l'Armée, il y aurait celui qu'il désespérait de revoir. Puis, son père avait fini par exiger sa présence à ses côtés au dispensaire. Il fallait des bras, les civils arrivaient en masse. Le Blitz faisait rage. Une dérogation, plusieurs rendez-vous avec ses supérieurs et, une fois de plus, Eduard Taylor avait gagné. La rage avait alors submergé Benjamin. Une colère cataclysmique dont il se souvenait de façon très parcellaire. Il avait saccagé sa chambre et avait tenté de s'entailler les veines avec les débris d'un miroir cassé. Il avait bu une bouteille d'alcool à désinfecter. Il avait fait trois jours de fièvre. Du grand n'importe quoi, en somme.

Le diplôme universitaire de son père est accroché tout près de la porte. Le vieux document jauni le regarde, le surveille. Benjamin détourne les yeux.

Son père n'était pas un tyran, mais indéniablement, la cohabitation n'avait pas été aisée. Les deux Taylor, père et fils, ne s'étaient pratiquement pas adressé la parole en dehors des échanges de directives pendant près de six mois. Clarissa avait jeté l'éponge, tout comme l'oncle George. À quoi bon s'épuiser en médiation, pour deux hommes aussi entêtés qu'eux deux, une réconciliation était inenvisageable. Et puis, un soir d'été 42, le docteur Eduard Taylor n'était pas revenu de sa sortie hebdomadaire au *Savile Club* de Brook Street[52]. Le hasard, la malchance, la guerre, une bombe qui tombe au hasard et tue. Fin du conflit familial, mais trop tard pour éviter des années de vie gâchées. Benjamin avait été promu responsable de tout le dispensaire, seul garant de la vie de dizaines de civils écrasés par les combats, par les bombardements. Toute cette souffrance de la chair meurtrie étalée là, sous ses yeux. La violence des décisions à prendre, la soudaineté de la mort qui ne triait pas entre jeunes et moins jeunes, entre civils et combattants. Tout cela sur ses épaules à lui.

Alors, oui, il a grandi. Il n'est plus un gamin. Il n'est plus un gamin depuis bien avant cela, d'ailleurs.

CHAPITRE 14

1937, août

Le pub était seulement à trois rues du Dance Hall et ils y arrivèrent donc en une poignée de minutes sans avoir eu ni le temps ni l'inspiration d'échanger quelques mots. Benjamin sentait que le bienveillant Gordon était anxieux. Et à cette attitude totalement étrangère à cet homme qu'il savait d'ordinaire confiant, l'étudiant mesura combien, avec Seán, ils avaient été imprudents. Lui revenaient en mémoire les informations glanées ici et là, les jugements sur ce que la société considérait comme une perversion. Pourtant, même en retournant les choses cent fois dans son esprit, il ne parvenait pas à trouver de la perversion dans ce qu'il partageait avec son ami. C'était tout l'inverse : un désir naturel au point d'en être évident. Comment expliquer cela à son oncle ? N'était-il pas prédisposé à la bienveillance avec tout ce qu'il savait des mœurs atypiques de la famille Binckes ?

L'enseigne du *Cat's Cream* apparut dans son halo doux de lieu convivial, mais le moment n'était pas au réconfort. Devant l'entrée, George les attendait, appuyé comme un gangster américain sur le capot avant de son Austin Seven Sport jaune canari[53]. Il était très intimidant et Ben ralentit le pas pour venir se cacher derrière Gordon. Ce dernier, intransigeant et passablement furieux, le ramena devant lui.

— Ah non, bonhomme, tu as voulu t'encanailler dans les faubourgs, il va falloir assumer jusqu'au bout, siffla-t-il.

Benjamin ne lui en voulut pas de sa rudesse, le serveur devait sans doute s'inquiéter pour Seán, car s'il prenait à l'étudiant l'envie de se trouver des excuses, il serait bien facile d'accuser son ami de mauvaise influence plutôt que d'endosser ses responsabilités. Gordon ne pouvait pas savoir que Benjamin était trop épris de son bel Irlandais pour céder à une telle lâcheté. Il s'avança vers son oncle, la tête basse. Celui-ci l'accueillit d'un : *Eh bien te voilà !* fort distancieux.

— Mon oncle, je peux tout vous expliquer, commença-t-il, d'une petite voix.

— Alors cela, j'y compte bien. Mais tu vas d'abord faire tes excuses à ce brave homme que tu as mis dans le plus grand embarras. S'il ne m'avait assuré qu'il savait où te trouver, j'aurais déjà appelé tes parents et la police.

Benjamin resta un instant mutique. Ne sachant pas ce que Gordon avait raconté pour les protéger, il n'osait pas partir sur des excuses précises.

— Mis- Monsieur Digby, je vous prie de me pardonner pour vous avoir causé ces désagréments, bredouilla-t-il.

Le serveur lui renvoya un sourire doux. Il lui tapota l'épaule amicalement, peiné malgré lui de le voir si contrit.

— Ce n'est rien. Tout est bien qui finit bien, l'enfant prodigue est retrouvé. Je vais vous laisser, il est déjà tard.

Messieurs, salua Gordon d'un mouvement de tête raide en direction de George, puis s'éloigna bien vite.

Ben le vit disparaître au coin de la rue avec résignation. Il allait devoir affronter son oncle seul. Ce dernier laissa planer plusieurs secondes de silence, son regard d'aigle accroché à la tenue débraillée de son neveu. Que pouvait-il bien deviner rien qu'en l'observant ? Bien des choses, sans doute. Benjamin en frémit de gêne.

— Monte dans la voiture, ordonna George tout en s'y installant lui-même à la place du chauffeur. Cette nuit, tu dors à la maison, et demain, tu rentres chez tes parents pour le déjeuner. Je crois savoir que c'est à peu près le planning bancal que tu avais prévu de suivre, même si j'imagine que quant au couchage, tu avais d'autres idées, poursuivit-il, glacial.

Benjamin en resta un instant coi, son oncle ne lui avait jamais parlé avec une telle condescendance. Le moteur démarra et l'Austin les fit quitter bien vite les quartiers ouvriers et rejoindre le centre-ville londonien encore animé malgré l'heure tardive. En passant dans le sud du West End[54], Benjamin remarqua que c'était le moment de la sortie des théâtres. Les beaux messieurs et les belles dames attendaient leurs chauffeurs ou bien des taxis sous les enseignes lumineuses du très Art déco *Playhouse Theatre*[55]. Il soupira. Dire que cette nuit avait si bien commencé et voilà qu'elle allait se terminer de la façon la plus désastreuse.

George n'avait pas desserré les dents depuis leur départ de Shepherd's Bush et Ben, pratiquement roulé en boule sur le siège passager, n'osait rien dire. Le regard rivé sur le paysage urbain, il devinait, plus qu'il ne voyait, la Tamise, cette large masse d'obscurité mouvante sur laquelle glissaient toutes sortes d'embarcations, petits remorqueurs, péniches ou barcasses. L'ombre édentée du pont de Waterloo en reconstruction se dessina au loin. Benjamin détourna le regard par superstition. Tant de malheureux avaient choisi ce lieu lugubre et venteux pour se suicider que l'on disait qu'à cet endroit, la rivière formait un véritable tourbillon de souffrance[56]. Il tentait de réprimer un frisson nerveux lorsque son oncle lâcha soudain :

— Piquante avec de beaux yeux verts, n'est-ce pas ? Tu t'es bien payé ma tête.

— Mon oncle, ce n'est pas ce que vous croyez, je...

— Abstiens-toi de t'enferrer dans des explications hasardeuses, Benjamin, et laisse-moi finir. Tu ne reverras pas ce garçon, tu m'as bien compris ?

L'étudiant eut un coup au cœur.

— Comment savez-vous qu'il s'agit d'un garçon !

Son oncle faillit s'en étrangler.

— Pardi ! Et tu ne nies même pas, en plus !

Benjamin réalisa qu'il ne s'était même pas posé la question de mentir. La vérité ne lui avait pas semblé impropre. Et pourtant, au regard du monde, elle devait l'être. Devant l'air effaré de son neveu, George continua :

— C'est le fils McMuir qui me l'a dit. Je l'ai croisé au club en début de soirée, il était avec son père. J'ai voulu le taquiner, je lui ai demandé s'il t'avait laissé seul avec sa sœur en toute confiance, il m'a regardé comme si je venais d'éventrer son épagneul favori. Ensuite, je n'ai eu besoin que d'une poignée de questions pour qu'il me donne le fin mot de l'histoire.

Selon lui, et aux vues de ce que tu m'avais raconté, ta gitane, c'est un délinquant que vous avez croisé à la fête foraine il y a deux semaines.

— Seán n'est pas un délinquant et c'est moi qui...
— Seán ? Il est quoi ? Irlandais ?
— Oui, mais cela n'a aucune...

George donna un violent coup du plat de la main sur le volant. Benjamin se tut, tétanisé.

— Bon sang, te rends-tu compte de ce que tu viens de risquer ? Tu sais ce que font ces garçons-là ? Du chantage. C'est ainsi qu'ils gagnent leur vie. Tu ne serais ni le premier, ni le dernier. Ils séduisent des naïfs et ensuite, ils les menacent de les dénoncer à la police. On en trouve à longueur de gazettes des affaires de cette nature[57]. Et en cas de procès... Je n'ose même pas y penser. Beaucoup ne s'en relèvent pas. Même si tu échappais à la maison de correction, ce genre de tache sur ta réputation serait indélébile. Tu pourrais dire adieu à ton gentil mariage avec la petite McMuir.

Ces derniers mots finirent par faire réagir Benjamin.

— Je ne veux pas me marier avec Violet. Ce n'est pas possible, plus maintenant.

— Pourquoi ? Parce que tu as fricoté avec un garçon ? Oh, eh bien, s'il suffisait de cela pour empêcher les mariages, les deux tiers de l'élite anglaise seraient célibataires.

Benjamin évita de s'interroger sur la portée d'une telle affirmation. Il était trop échauffé par la situation pour prendre le moindre recul. Les mots lui venaient sans censure et heureusement que son interlocuteur était son oncle George, car pour de telles paroles, il n'aurait pas échappé à une paire de gifles de la part de son père. Aussi, lancé comme une torpille, il affirma avec insolence :

133

— Je ne peux pas épouser Violet. Tant pis si l'on doit se cacher. J'affronterai cela si c'est pour lui. J'aime Seán.

Son oncle ne broncha pas. Les mains crispées sur le volant, il laissa même s'écouler plusieurs secondes avant de rétorquer, froidement :

— Tu n'en sais rien. Tu as 17 ans. On ne sait rien à 17 ans.

Benjamin prit cette affirmation comme on reçoit un coup. Avec toute l'intempérance de son jeune cœur, il voulait hurler que c'était injuste et faux. La colère tenta de briser les barrières de son éducation. Toutefois, réalisant que lui laisser libre cours ne servirait en rien sa cause, il prit un ton posé pour confirmer :

— Je sais que je l'aime, je vous l'assure.

George expira bruyamment. Il n'avait pas envie d'argumenter.

— Eh bien, cela te passera.

— Je suis certain que non, insista l'étudiant.

— Tout passe, Benjamin, même l'amour, conclut George avec lassitude.

Sur cette sentence, ils arrivèrent à Saffron Hill. Son oncle stoppa la voiture pour aller ouvrir la grille de la cour intérieure où il garait d'ordinaire ses automobiles. Benjamin descendit, les yeux vrillés au sol, les poings serrés. Une immense envie de pleurer lui noua la gorge. Ne plus revoir Seán ? Et pourquoi ne pas lui arracher un bras plutôt ? Ou le cœur ? Inconcevable. Pourtant, à la lumière de cette épouvantable fin de soirée, il lui sembla que c'était bien ce à quoi il venait de se voir condamner.

***

Une semaine s'écoula. Atroce. Loin de s'être résolu à oublier Seán, Benjamin vivait dans un état de crise de nerfs permanente où le besoin de son amant se faisait chaque jour plus impérieux. Mais il était consigné à la maison. Impossible de sortir.

George ne l'avait pas dénoncé. Il avait cependant raconté à sa sœur Clarissa qu'un repos forcé serait salutaire à son cher neveu, et ce, jusqu'à la rentrée. Le prétexte ? Sa stabilité émotionnelle. Voilà qu'il l'avait trouvé fébrile ces derniers temps, il fallait prendre garde, à son âge, on faisait souvent des coups de sang, des crises de fièvre cérébrale. Bref, pour éviter le moindre risque, une claustration était indispensable. Clarissa ne l'avait pas contredit. Pas plus qu'Eduard Taylor qui, une fois n'est pas coutume, était même allé dans le sens de son beau-frère. Et voilà pourquoi, par un après-midi désespérément radieux, Benjamin restait là, prostré à sa fenêtre, le nez collé aux carreaux, avec l'envie de se jeter du deuxième étage pour partir rejoindre la banlieue ouest, en chaussons et gilet de flanelle, s'il le fallait !

Un soupir pathétique lui échappa, il frappa la vitre de son front. C'était injuste. Parfaitement injuste. En quoi ce qu'il faisait de son cœur pouvait bien déranger qui que ce soit ? On n'était plus à l'époque victorienne ! Il se leva pour mieux venir choir sur son lit la face la première. Il fallait qu'il trouve une solution, il l'avait promis à Seán. Mais que faire ? On tapota à sa porte de chambre. Il se releva péniblement, s'accrochant à ce qu'il restait de son orgueil pour ne pas apparaître comme un enfant boudeur. Sa mère entra, radieuse.

— Mon chéri, tu as de la visite.

Benjamin fronça les sourcils, il n'attendait personne. Clarissa reprit d'une voix enjouée de petite fille.

— Allons, allons, déride-toi, c'est une surprise, cela va te remonter le moral, j'en suis sûre. Enfile donc un veston et coiffe-toi un peu. On t'attend dans le salon.

Elle sortit, en sautillant presque, sa robe garnie de satin chamarré faisant un froufrou léger dans le silence de la pièce. Après une minute de réflexion, Benjamin finit par conjecturer qu'il ne pouvait s'agir que de la visite des jumeaux McMuir. Il ne connaissait qu'eux comme amis londoniens et la félicité presque euphorique de sa mère, qui se faisait une vraie gloire d'avoir cette famille titrée parmi son cercle d'intimes, était un indice déterminant.

Vaguement rajusté dans un gilet en tweed qui lui donnait des airs de grand-père, il descendit au salon. Comme il s'y était attendu, la visiteuse surprise était Violet, mais son frère n'était pas présent. *Tant mieux*, se dit-il, *pas besoin d'avoir ce traître sous le nez*. Il n'oubliait pas qu'à cause de Rupert et de son incapacité à tenir sa langue, il s'était fait pincer par l'oncle George.

Benjamin salua Violet d'un baiser sur la joue, comme ils avaient l'habitude de le faire depuis leur enfance. La jeune fille lui apparut telle qu'à l'ordinaire : charmante. Pourtant, Benjamin eut un pincement au cœur. C'est vrai qu'il lui était réconfortant de voir sa plus chère amie, néanmoins, sa seule présence lui rappelait douloureusement qu'il était contraint de rester cloîtré, sans nouvelle de celui qu'il désespérait de retrouver. Le plus frappant, à présent qu'elle se tenait devant lui, c'était de constater à quel point les sentiments qu'il avait pour elle pouvaient différer de ceux qu'il avait pour Seán. Dans cette comparaison, il aperçut l'immensité de l'abîme séparant l'amitié et l'amour. Avec Violet, il ressentait une joie tendre, une profonde complicité qui lui venait tout naturellement. Aux côtés de Seán, tout était éclatant, terrifiant, des étincelles lui parcouraient la peau, l'excitation le rendait maladroit, fou, idiot et éperdument heureux. Retrouverait-il un jour de telles émotions si on lui interdisait toute sa vie de revoir son amant des faubourgs ? Il sentit les larmes lui monter aux yeux.

Rendu muet de tristesse, il invita d'un geste Violet à venir s'asseoir sur les banquettes près de la fenêtre. Sa mère l'observa faire l'hôte sans mot dire, aveugle à l'humeur sombre de son fils. Elle était visiblement ravie de le voir jouer les gentlemen.

— Bien, bien, je pense que vous préférerez sans doute pouvoir converser gentiment tous les deux. J'ai des petits travaux de correspondances à finir, alors je vous laisse à vos confidences. Kathy va vous apporter du thé et quelques douceurs. Tu aimes toujours autant le plum pudding, Violet ?

— Oui, Madame Taylor. Bien que je fasse à présent attention à ne pas l'aimer exagérément comme lorsque j'étais enfant, répondit la jeune fille avec coquetterie.

— Oh, tu ne crains rien, tu es d'une nature si gracieuse. Tu me rappelles tellement mes jeunes années, gloussa Clarissa en tournant les talons.

Son fils se retint de lever les yeux au ciel. Les deux adolescents la regardèrent sortir du salon en laissant la porte à demi ouverte. Violet se tourna vers Benjamin, un sourire mutin dansant sur son visage.

— Eh bien, nous n'avons pas eu de chaperon longtemps. Soit ta mère te voue très étrangement une confiance totale, soit elle a d'autres idées en tête.

— Tu me vois embarrassé de te répondre qu'il s'agit sans doute de la seconde option, soupira Benjamin.

— Je m'en suis doutée. Sais-tu qu'au départ, c'est elle qui m'a invitée en insistant pour que Rupert ne m'accompagne pas ? D'après elle, une présence masculine n'était pas nécessaire puisque nous devions parler entre femmes de l'organisation de la cérémonie.

À ces mots, Ben laissa échapper un long grognement désolé et détourna le regard. Violet perdit aussitôt son sourire. Elle saisit la main de son ami dans les siennes, mais il la repoussa. La jeune fille s'en piqua un peu et un silence gêné s'installa. Kathy vint déposer un plateau garni d'un goûter léger sur la table basse en face d'eux. Violet prit l'initiative de servir le thé pour se donner une contenance. Voyant que Benjamin ne desserrait toujours pas les dents, elle tenta une approche fraternelle.

— Parle-moi. Ne fais pas ta tête de mule. Dis-moi ce qu'il se passe. Je m'inquiète, tu sais. Rupert n'a rien voulu me dire, à part qu'il avait croisé ton oncle au club vendredi dernier.

Huit jours, déjà. Ben se força à avaler une gorgée de thé.

— Je... Je ne sais pas comment te parler de cela. Tu ne vas pas comprendre, commença-t-il, à contrecœur.

— Oh non, pas toi ! Ne va pas faire comme mon frère avec ses petits secrets de club. Je ne suis pas plus une idiote qu'une ingénue ! répliqua Violet, un peu agacée.

— Bien sûr ! Pardonne-moi, je suis maladroit. Mais cette fois, il s'agit d'une chose...

Il baissa la tête, le moral au plus bas.

— Mince. Si je ne suis pas capable de me confesser à toi, alors qu'adviendra-t-il le jour où je devrais passer devant un juge.

Violet, devant l'accablement de Benjamin et à ce dernier mot, porta la main à son cœur, épouvantée.

— Un juge ! Alors là, tu me fais vraiment peur.

— Si tu savais. Moi aussi, j'ai peur. Je... C'est très compliqué. Et puis, il y a ces fiançailles...

Violet fronça les sourcils.

— « Ces » fiançailles. « Nos » fiançailles, tu veux dire.

— Oui, nos fiançailles.

Il fit une grimace.

Il se tourna vers son amie et, après une profonde inspiration, il lui demanda :

— Violet, ce mariage, et si c'était une très mauvaise idée ?

La jeune fille posa sa tasse sur la petite table. Elle se força à répondre avec calme pour contrebalancer l'humeur fébrile de son ami.

— Une très mauvaise idée ? Je ne l'aurais pas vraiment formulé ainsi, mais…

— Mais cela revient au même, n'est-ce pas ? la coupa vivement Benjamin.

Cette fois, Violet prit franchement la mouche.

— Eh bien, si tu ne me trouves pas à ton goût…

À cette remarque, Ben s'affola.

— Non ! Ce n'est pas ça, je… Ce n'est pas que je ne t'aime pas, comment ne pourrais-je pas t'aimer ? Tu es mon amie la plus chère ! Mais enfin, se marier pour satisfaire une promesse vieille de vingt-cinq ans… Cela me semble si absurde ! Tu es charmante, c'est évident, aussi charmante qu'une Elizabeth Bennet, mais nous ne sommes pas dans un roman de Miss Austen.

Elle le regarda attentivement. Le compliment était mignon, cependant, l'excuse rebattue de l'absurde promesse à tenir manquait d'originalité. Un autre problème tenaillait son ami et il fallait qu'elle le découvre. Pour cela, le détour de l'humour était un biais efficace dont elle aimait à user.

— Est-ce là tout ce qui t'inquiète ? Depuis que je suis née, cette histoire de promesse m'est rabâchée à chaque occasion : Ah ! tonna-t-elle en prenant l'accent rugueux de son père écossais. Ah, ce cher Eduard qui m'a sauvé la vie en 17 ! Ma main à demi arrachée par la baïonnette de ce Prussien farouche et Taylor n'écoutant que son courage, lui qui n'était même pas armé, s'est saisi d'une pierre et l'a assommé ! Oui, assommé ! Puis, il m'a fait un garrot de fortune et, blessé lui-même, il a trouvé la force de me porter jusqu'à un abri. Sans lui, je ne serais plus de ce monde. Nous venions chacun de nous marier, alors nous nous sommes promis d'unir nos enfants et ainsi d'unir nos deux familles, et c'est une joie immense blablabla. J'ai eu largement le temps de me faire à l'idée, tu sais. Et toi aussi, sans doute !

Benjamin ne put s'empêcher de sourire. Les imitations de Violet étaient toujours fort drôles et lui aussi avait entendu mille fois le récit du Prussien, de la pierre et de la promesse des deux camarades de tranchée. Toutefois, son humeur s'assombrit de nouveau en pensant aux vraies raisons de sa soudaine envie de renoncer à leurs fiançailles. Il devait bien à son amie d'enfance d'être honnête.

— Je pense ne pas être le genre de garçon que tu devrais épouser.

La jeune fille soupira, un peu lassée par cette humeur morose et ces tergiversations.

— Qui me verrais-tu épouser, alors ? lâcha-t-elle.

Le regard de Benjamin s'éclaira. Imaginer un époux pour son amie était une chose facile et enthousiasmante.

— Un explorateur ! Quelqu'un qui puisse t'emmener dans ses voyages. Tu en as toujours rêvé, m'as-tu dit. Un homme flamboyant, cultivé, qui parcourt le monde…

— On croirait que tu me décris ton oncle George ! le taquina-t-elle.

Cela surprit Benjamin.

— Pardon ?

— Tu m'en as fait tant de fois un portrait extraordinaire. Tu m'as dit qu'il était beau, intelligent, drôle, et même riche. Il passe sa vie à parcourir le monde. Serait-ce lui le mari idéal, selon toi ?

— Non ! Non pas lui, il est bien trop vieux pour toi, se renfrogna Ben, sans trop savoir pourquoi.

Violet cessa immédiatement de le taquiner. Elle ne comprenait pas les revirements d'humeur de son ami et tout cela l'agaçait prodigieusement.

— Ah, donc, il y a des âges à éviter. Très bien. Tu es très au fait de la question. Et celle que tu veux épouser, quel âge a-t-elle, dis-moi ? jeta-t-elle, acerbe.

Benjamin fut aussitôt gagné par la confusion.

— Je... je ne t'ai pas dit que je...

— Benjamin, je ne suis pas extraordinairement patiente. Vas-tu me dire ce qui tourmente ton cœur ?

L'étudiant se referma comme une huître et se mura dans le silence.

— Ben, reprit la jeune fille, tu ne donnes plus de nouvelles pendant un mois, puis j'apprends par Rupert que tu te morfonds chez toi depuis une semaine, et voilà que tu me dis que tu voudrais rompre nos fiançailles. Au risque de passer pour maligne, il me semble que les raisons à un tel comportement n'abondent pas. Que puis-je en déduire, tu avoueras que c'est évident. À moins que tu envisages de te faire prêtre ?

Benjamin se tordit les doigts, mortifié.

— Oh, Violet, je suis désolé. C'est tellement compliqué. J'ai si peur que tu en souffres.

Il finit par relever le nez, les yeux mouillés de larmes. La jeune fille, gagnée par la compassion, abattit sa colère.

— Écoute, vexée pour vexée, j'apprécierais que tu cesses de tourner autour du pot et que tu me dises ce qu'il en est.

— Pour commencer, ce n'est pas une demoiselle.

— Oh. Elle est déjà mariée ?

— Non, elle n'est, enfin, il... Ce n'est pas une femme mariée. C'est un garçon. J'aime un garçon.

Violet en resta la bouche ouverte, choquée et sans voix. Pouvait-elle s'attendre à une telle confession ? Étrangement, cela n'éveilla pas en elle de la jalousie. Avoir un plutôt qu'une rivale, ce n'était pas du tout la même chose. Non, cette révélation lui fit plutôt l'effet d'une énorme bourrasque venue bouleverser sa perception des choses. Leurs souvenirs communs lui semblaient à présent exposés sous un prisme déformant : dérangés, renversés, comme l'impression déstabilisante d'avoir en face d'elle un inconnu déguisé en son ami d'enfance. Elle observa Benjamin avec attention, avec scepticisme même, se raccrochant à la possibilité que tout cela ne soit qu'une phase passagère.

— Je n'aurais jamais cru que tu étais *comme ça*. Tu n'avais pas l'air... Tu sais... essaya-t-elle, maladroite.

Ben se détourna d'elle, un goût amer dans la bouche. Il avait craint un jugement, ce n'était que du doute, mais cela le piqua néanmoins.

— Je devrais avoir l'air de quoi, selon toi ? demanda-t-il en connaissant la réponse.

Violet devait avoir en tête les dandys maniérés du club des esthètes d'Oxford. Sentant son trouble, la jeune fille tenta d'être plus prévenante.

— Tu sais que pour moi, la nouvelle n'est pas si évidente à concevoir. Il faut que tu me laisses le temps de me faire à l'idée. As-tu réfléchi que peut-être ce n'était qu'une tocade ? On dit que dans les pensionnats, les garçons ont très souvent ces genres d'amitiés particulières qui...

Ben la coupa d'un non de la tête. Il ne voulait plus entendre ce discours inepte et encore moins venant de la bouche de Violet.

— Non, ce n'est pas cela. Toutes ces fadaises que l'on nous a servies : les sentiments puérils dont on se débarrasse dès que l'on devient un homme, la « mode » des efféminés, tout cela, ce n'est pas moi, ce n'est pas ce que je ressens. Je te jure que ce n'est pas une simple lubie.

— Bon, bon, je ne suis pas dans ta tête, après tout. Et donc, ce... garçon dont tu es... amoureux, comment est-il ?

Benjamin sentit son cœur se gonfler de tendresse. Il avait soif de se confier, depuis des semaines, il voulait pouvoir parler de Seán à une oreille amie. Il se lança alors, la voix portée par la joie de partager ses émotions pour la première fois.

— Tu te souviens peut-être de lui. Nous l'avons rencontré à la fête foraine. C'est ce garçon que Rupert avait courroucé.

Devant l'air inquiet de la jeune fille, Benjamin corrigea aussitôt :

— Mais il n'est pas du tout comme on pourrait le croire ! Il te surprendrait, j'en suis sûr ! Et tu t'en ferais un ami. Il aime la poésie, tu sais. Ce n'est pas commun. Et il danse très bien le swing. Il veut devenir réalisateur de films. Il a une famille immense, des tas de frères et sœurs. Il a des yeux splendides, magnifiques, d'une couleur incroyable. Il est... Violet, il est... extraordinaire !

La jeune fille le laissa exprimer son enthousiasme sans dire un mot. Elle était affreusement inquiète. Ben s'était entiché d'un camelot irlandais, et pour cela, il voulait rompre leur projet de fiançailles, cela ne pouvait mener qu'à une catastrophe. Pour autant, elle savait d'expérience que tenter de le dissuader de son caprice ne ferait qu'exacerber ce dernier. C'est pourquoi elle s'offrit tout naturellement comme confidente, quitte à être également un peu manipulatrice.

— Tu en es sacrément toqué, dis donc. Raconte-moi, comment as-tu appris à le connaître ? Et pourquoi es-tu assigné à résidence ?

Benjamin se lança dans le récit des dernières semaines. Il lui décrivit les aventures vécues aux côtés de Seán, omettant évidemment les détails par trop scabreux. Violet fut émue de voir à quel point son ami retrouvait d'allant quand c'était pour parler de son amour fraîchement éclos. Ses joues étaient gagnées par une rougeur adorable et sa voix se teintait d'entrain. Il était bel et bien amoureux, du moins il en affichait tous les indices, tels qu'elle se les imaginait.

— Et donc, tu n'as plus aucun moyen de le voir ?

— Non, pour l'instant non, mais je vais trouver une solution. Qu'importe par quel biais, j'y parviendrai, car il faudra que je puisse le voir, rien ne m'en empêchera ! déclara-t-il, conquérant.

Sur le visage de Ben se peignait cet entêtement farouche qui faisait de lui un vrai fils Taylor. Violet en frémit. Elle entrevoyait le drame à venir, et dans ce drame, elle savait qu'elle ne pourrait avoir qu'un seul rôle : celui de l'alliée, celle qui, après l'orage, recueillerait le cœur brisé de son ami et lui offrirait l'asile d'un mariage serein. Ainsi, jusqu'à cette chute, il fallait qu'elle l'aide.

— Et si tu lui écrivais ? proposa-t-elle soudain.

Dans les yeux de Benjamin s'allumèrent deux magnifiques lueurs d'espoir.

— Vous pourriez nouer une relation épistolaire. Faute de mieux, ce sera une manière de tester la force de vos sentiments. Tu parlais de romantisme, je crois que l'on ne peut guère faire mieux.

— Mais je ne peux lui écrire depuis ici, si mon père venait à tomber sur une lettre... Cela dit, il faudra bien qu'il l'apprenne, mieux vaut tôt que tard. Et puis, quand je vais lui dire pour nos fiançailles rompues, de toute façon, je...

Prise de panique, Violet lui saisit le poignet tout en le coupant dans ses réflexions.

— Non, non, je ne crois pas que tu devrais lui dire tout de suite. Cela te mettrait dans une situation intenable, il pourrait te jeter à la rue, ou tenter une action en justice contre ton ami. Attends de savoir si vous pouvez vous installer tous les deux, attends de finir tes études, crois en la patience, invoqua-t-elle avec autorité.

Il fallait à tout prix qu'elle préserve l'illusion des fiançailles à venir, car, si, comme elle le croyait, la tocade de Benjamin n'était qu'éphémère, il faudrait qu'il puisse se relever de cet accident de parcours sans égratigner sa réputation. Et pour cela, faire comme si rien ne s'était passé restait la méthode la plus efficace.

— Mais toi et moi, nous serons fiancés bien avant ! Et même mariés, au train où vont les choses ! s'alarma Benjamin.

— Je ferai traîner les préparatifs. Et au pire, nous divorcerons. C'est bien plus simple à présent que la loi a été votée[58]. Mère en parlait à notre voisine pas plus tard qu'hier. Il suffit de ne plus vivre sous le même toit ! Mais ne pensons pas à tout cela. D'abord, ta romance épistolaire. Envoie-moi les enveloppes et je ferai le relais postal. Tes parents seront aux anges de te voir m'écrire, ils n'y verront rien à redire. Quant à moi, j'écris des dizaines de lettres par semaine à mes amies de St Hilda, les tiennes se noieront dans le tas.

Benjamin en était rendu muet de reconnaissance. Il la regardait comme une héroïne ou une sainte, ses grands yeux d'un bleu profond baignés d'émotion. La jeune fille ne put s'empêcher d'en avoir le cœur serré. Même si elle l'aidait, ne trahissait-elle pas sa confiance en projetant déjà la fin de son idylle ? Elle se rasséréna en pensant qu'une tout autre attitude de sa part aurait mené obligatoirement à une catastrophe.

— As-tu une adresse ? Un nom ? demanda-t-elle pour clore le sujet.

— Seán. Seán Reilly. Mais je n'ai pas son adresse. À moins que tu l'envoies à une de ses connaissances… Attends, je vais te noter l'adresse !

Benjamin pensa immédiatement au *Cat's Cream* et à Gordon Digby. Il avait été suffisamment de fois à ce pub pour se souvenir de l'adresse et il espérait que le serveur aurait la bienveillance de servir d'intermédiaire à leur amour, malgré le fiasco passé. Il se leva, débordant d'enthousiasme, pour trouver un papier et un crayon.

Tandis qu'il était en train d'écrire, sa mère entra dans la pièce. Violet se leva et fit mine de s'apprêter à partir. Clarissa et elle échangèrent quelques futilités, puis on fit appeler la voiture des McMuir. Au moment de sortir, alors qu'ils étaient dans le vestibule d'entrée, Benjamin en profita pour glisser à Violet le morceau de papier plié avec l'adresse. Elle le cacha immédiatement dans son sac à main. Les deux jeunes gens se séparèrent sur une embrassade plus effusive qu'à l'accoutumée. Après quoi, Ben, épuisé par l'émotion, monta dans sa chambre. Il ne remarqua pas le sourire extatique qu'arborait sa mère. Elle n'avait pas manqué de surprendre l'échange du petit message et, persuadée qu'il s'agissait de badinage, elle était ravie d'avance de voir son fils se décider à prendre au sérieux une si belle alliance.

1946, septembre

Le soleil descend sur l'horizon de la ville. Les toits de Londres, vagues d'argent immobiles, brillent d'une douce clarté. Au centre du bureau auguste et digne, dans cette ambiance feutrée que nulle joie ne vient jamais troubler, Benjamin écrit.

Ainsi, les lettres étaient apparues dans sa vie, des dizaines, des centaines. Bulles d'émotions envoyées au hasard, fragments de son existence couchés sur le papier. Depuis sa confession à Violet et cette astuce trouvée pour lui permettre de continuer à faire vivre son amour, il écrit. Chaque jour. Il a pris cette habitude de réserver sa correspondance pour le début de soirée. Pendant la guerre, c'était le moment le plus calme de la journée quand les patients finissaient par s'apaiser et qu'une partie des infirmières regagnaient leurs chambres tandis que les autres, plus téméraires, rentraient chez elles malgré les alertes aux bombardements. Il a maintes fois regretté de ne pas avoir retenu celles qui n'étaient pas revenues quand la mort pleuvait sur Londres. Mais peut-on empêcher qu'on risque sa vie pour retrouver, même le temps d'une nuit, l'affection et la chaleur de ses proches, de sa famille ? Lui-même, s'il l'avait pu, aurait bravé les incendies pour rejoindre les bras de celui qu'il aimait. Qu'il *aime*, corrige-t-il avec superstition.

Benjamin inspire et tente de se reconcentrer. À quoi bon penser à tout cela ? La paix a été signée. La reddition du IIIe Reich date déjà de plus d'un an. Londres sort à peine de quatre années de guerre, la ville est un champ de ruines. Difficile d'imaginer que toute cette horreur est enfin finie. Finie ? Finie pour ceux qui ont eu la chance de revenir en vie au pays. Ce n'est pas le cas de tous.

L'encre de son stylo-plume a séché, il en humidifie la pointe sur une petite éponge mouillée. En ce mercredi exceptionnellement calme, Benjamin est en simples bras de chemise, ses lunettes de vue sur le nez. Il termine une lettre. Plus qu'une habitude : un travail indispensable. Plus que cela encore : une perfusion d'espoir. Même à l'article de la mort, il ne renoncera jamais à écrire ses lettres. Ces merveilleuses lettres, miracles du service postal qui lie les hommes malgré tous les tourments du monde. Les lettres, elles sont son fil de vie, sa dose d'espérance. Il faut écrire si l'on veut avoir des nouvelles de ceux que l'on aime, de ceux qui sont loin, quelque part au-delà des mers, sur un continent envahi par la guerre. Il faut attendre, des jours durant, que la réponse arrive, retenir son souffle jusque-là. Parfois, souvent, ne rien recevoir, être contraint d'attendre, des mois, des années.

Benjamin a écrit, ainsi, chaque soir, jusqu'à la nuit. Il s'y est tenu, il s'y est raccroché depuis tout ce temps, depuis cet après-midi innocent où le stratagème des lettres a été imaginé et ensuite poursuivi pendant des semaines et encore après, après que… Après qu'il…

Le jeune médecin pose un instant son stylo pour se masser les tempes. Tant qu'il lui restera assez de force pour griffonner quelques mots, il écrira. Puis, épuisé, il ira rejoindre son lit. C'est ainsi qu'il a rédigé des centaines de lettres, autant de bouteilles à la mer jetées en dépit des distances et de l'improbable distribution du courrier, balloté d'un champ de bataille à une zone occupée, d'un pays en ruine à une ville qui se libère. Quand ces pauvres feuilles remplies d'instants de vie parviennent par miracle à leur destinataire, elles peuvent faire autant de bien qu'un cataplasme sur une plaie. Lui-même vit chaque arrivée du courrier comme une délivrance, comme l'oasis au milieu du désert. Alors, même un jour calme comme celui-ci, même avec cette paix qui flotte sur Londres, pour entretenir ses espoirs et ne pas se noyer dans ce qui ressemble bien trop à de la dépression, Benjamin écrit. À ses amis et à ses proches, à tous ceux que la guerre peut avoir affectés, c'est-à-dire à la terre entière, puisque ce conflit est mondial et que l'Empire britannique est immense. Elle est énorme la somme de toutes ces lettres, tous ces mots qui se croisent, qui parcourent des kilomètres emportant avec eux la masse d'amour et de détresse d'une population assoiffée d'espoir.

Parfois, il pense à ces fragiles enveloppes, et à celles qui ne trouveront jamais leur destinataire. Perdues, détruites, arrivant trop tard. Écrire, c'est si dérisoire, après tout. *L'encre n'efface pas le sang, écrire ne relève pas les morts*, lui aurait dit son père. Eduard Taylor n'est plus et ces simples lettres sont tout ce qu'il reste à Benjamin face à l'immense vide, face à l'absence. Il n'a pas d'autre arme, pas d'autre moyen pour le trouver. Il ne lui reste que cela, pour avoir des nouvelles, la moindre nouvelle : de Lui.

CHAPITRE 16

1937, novembre

C'était le train que Seán avait choisi pour aller à Oxford ce matin-là, et sa première pensée en voyant un agent des services postaux charger de lourds sacs estampillés « Royal Mail[59] » dans la voiture de queue avait été : *Je prends le même train que le courrier !*

Seán était parti à 7 h 14, cela faisait près d'une heure à présent que le voyage avait commencé. Le train traînait comme un serpent de métal traversant en rampant la campagne et ses vallons vert tendre. Un train avec sa fumée blanche, son sifflet strident ponctuant les gares, ses wagons habillés de bois, ses bancs trop durs pour y rester des heures et ses passagers ; familles et travailleurs, hommes et femmes placidement installés, le regard hypnotisé par le paysage défilant mollement aux larges fenêtres. Un train, moyen exceptionnel de se déplacer, pour Seán, nomade d'adoption, jeté sur les routes par misère ; qui ne connaissait les distances que par les chemins herbus des champs et les ruelles pavées des villes. Une jeunesse à marcher et non à se laisser transporter. Les voitures, les trains et les autobus étaient pour les riches et pour les fainéants. Enfin, c'est comme cela qu'il voyait les choses. Quand on n'a même pas 20 ans, on juge le monde très sévèrement.

Et il en avait parcouru des kilomètres à pied, en si peu d'années, depuis qu'au lendemain de ses 13 ans, ses parents l'avaient enjoint à quitter la bicoque familiale, surpeuplée de frères et sœurs, pour aller gagner sa vie à l'usine ou ailleurs, à Dublin ou Belfast, qu'importe. Seán n'avait rien à reprocher à ses parents. Les malheureux, comme eux, faisaient des enfants comme on sème de l'espoir au vent, en priant pour que ces graines trop nombreuses trouvent à leur tour une terre où prendre racine. L'Irlande, sa mère patrie, était pauvre, affamée de misère et de cette guerre civile qui n'en finissait pas. Alors, encore enfant et déjà résigné, Seán était parti, à travers champs, vers un destin incertain. De ce village de Killarney qu'il quittait pour de bon, il avait gardé les souvenirs d'odeurs lourdes de tourbe, de froid des plaines et de tiédeur enfumée des chapelles vétustes où se pressaient les familles les dimanches de messe. À présent, en voyant défiler sous ses yeux l'Angleterre, ses arbres et ses prairies peuplées de moutons blancs, Seán retrouvait la mémoire de ses années d'enfance à courir la lande balayée par les vents. Mais à son âge, on ne restait pas longtemps nostalgique.

Seán se prit à sourire en repensant aux lettres qui dormaient bien sagement dans son sac, rangées au-dessus de lui dans le filet porte-bagages. Les lettres de Benjamin. Elles étaient folles, ces lettres, débordantes, pleines de détails, de joies, de colères, de sentiments de plus en plus intenses, de révélations, d'impudeur, d'impatience. Cela faisait trois mois qu'ils s'écrivaient et ce qui avait commencé comme un jeu s'était mué rapidement en une séduction par

mots interposés. Ils étaient fous l'un de l'autre, envoûtés l'un par l'autre. Chaque jour, ils s'étaient écrit, sans discontinuer. D'abord maladroitement, ne trouvant à se dire que des demi-confidences, des sentiments voilés, puis, prenant confiance de semaine en semaine, ils avaient ouvert en grand les fenêtres de leurs cœurs.

Seán adorait envoyer à Ben des extraits de poèmes sur lesquels l'étudiant dissertait durant des pages avec cette façon bien à lui de disséquer les pensées des artistes comme de malheureuses grenouilles sur la paillasse d'un scientifique. Bien sûr, pour Seán, c'était l'occasion de lutter contre cet esprit cartésien, de s'amuser à le contredire, d'argumenter pour défendre le lyrisme d'un Tennyson ou le spleen d'un Baudelaire. Au milieu de leurs débats littéraires, ils se racontaient leurs quotidiens. De son côté, la fête foraine qui s'en était allée en septembre et son nouvel emploi comme assistant-cadreur[60] aux studios de Lime Grove dont il était si fier. Benjamin, lui, avait repris les cours à Oxford et ceux de pharmacopée le passionnaient particulièrement. Il se voyait chercheur dans un laboratoire et professeur peut-être, s'il parvenait à se faire pousser la moustache comme les plus remarquables de ses aînés.

Seán masqua un rire dans une toux feinte. Ben avec une docte moustache ? Non, vraiment, quelle drôle d'image. Il le préférait tel qu'il était dans son souvenir, l'incarnation de la jeunesse insouciante, rayonnant d'impertinence, ses mains qui s'envolaient au moindre enthousiasme, son regard brillant de vie et ses lèvres d'une fascinante gourmandise.

Seán se recala sur le banc inconfortable. Les lettres étaient une chose, mais elles ne pouvaient endiguer les flots du désir. Et à force de frustration accumulée, de semaines à se remémorer leurs baisers et caresses furtives, il avait fini par ronger tout ce que sa raison possédait de patience. N'y tenant plus, voilà qu'il s'était décidé à aller retrouver Benjamin à Oxford ! Rien que ça ! Il avait profité de l'annulation d'un tournage pour s'octroyer cette fantaisie un peu folle : lui, pour quelques jours, au milieu des futures élites de la nation. Pour cette occasion extraordinaire, cette sorte de défi qu'il s'imposait, il lui fallait prendre le train. Pourtant, ce n'était pas si loin, de Londres à Oxford, moins d'une centaine de kilomètres, trois jours de marche, pas la mer à boire en somme. Pour autant, c'était tout bête vraiment, mais en y allant à pied, il craignait de se dégonfler. Trois jours par les routes, ça laissait trop de temps pour réfléchir. Réfléchir à la stupidité d'aller rejoindre un étudiant de la haute dont on se croit amoureux. Quand on a 19 ans, réfléchir n'est pas une bonne idée, ça vous coupe les ailes et vous dessèche les sentiments, ça vous fait vous inquiéter et, c'est bien connu, ceux qui s'inquiètent ne font rien de leur vie. Alors, Seán avait pris un de ces trains parlementaires et leurs billets à pas cher[61], et il était là avec sa casquette vissée sur la tête, et ses jambes qui s'engourdissaient de ne pouvoir se délasser.

Le wagon était bondé. Son esprit libre ne se sentait pas à l'aise dans cet espace réduit où les coudes des voisins vous labouraient les côtes. C'est pour cela qu'il s'était assis près de la fenêtre, pour avoir au moins l'illusion d'être près d'une issue en cas de nécessité. Prendre pour la première fois le train était une expérience assez effrayante. À sa droite, une petite dame âgée sortit de son cabas un sachet en papier qu'elle ouvrit précautionneusement. Il contenait des biscuits sablés ronds et dorés, gras de beurre et sentant la cannelle. Il ne put s'empêcher de loucher dessus et la grand-mère, polie, lui proposa d'une voix fluette :

— Prenez-en un, jeune homme, si vous avez faim.

Seán, ne voulant pas passer pour un mendigot, refusa en souriant.

— Non merci, M'dame, dit-il poliment.

C'est alors que, choisissant précisément la fin de sa phrase, son estomac fit un bruit affreusement caractéristique qui résonna dans tout le wagon, sur lequel le silence s'abattit soudain.

Cela plongea Seán dans une lourde gêne. Tous les passagers lui semblaient avoir les yeux posés sur lui et il crut même deviner un ricanement étouffé dans un toussotement de circonstance. Seán, mortifié autant qu'humilié, se tassa sur son coin de banc, enfonça ses mains dans ses poches et riva son regard à la fenêtre. À côté de lui, la vieille dame grignota ses gâteaux sans plus lui demander quoi que ce soit.

Au bout de quelques minutes, il finit par apaiser son aigreur.

Seán reporta son attention sur le paysage. Cette campagne-ci était bien différente des terres irlandaises de son enfance, plus sereine. Avec ses vallons et ses rivières, charmante et inchangée depuis des lustres, l'Angleterre, à la lumière de cette nature verdoyante, paraissait riche et accueillante. Quelle chance avaient les enfants d'ici de naître dans une telle abondance. Une chance qu'avait eue Benjamin.

Grandir là, connaître le luxe des étés vivifiants aux bains de mer et des hivers à la chaleur de la grande cheminée d'un cottage cossu. Être ainsi libre de s'instruire et de s'amuser sans penser aux nécessités de la survie. Manger, dormir au chaud, c'était le genre de choses qui pouvait vous prendre fichtrement du temps dans une journée.

Des heures passées à flâner, Seán n'en avait pas connu beaucoup. Il ne put s'empêcher de ressentir une pointe de jalousie, qu'il chassa vite. C'était idiot. Benjamin n'avait pas demandé à naître dans la haute société anglaise, pas plus que lui n'avait choisi d'atterrir dans un galetas du fin fond de l'Irlande. Et puis, son enfance n'avait pas été riche, certes, mais pas dénuée de bonheur non plus. D'ailleurs, se dit-il avec un peu de scrupules, cela faisait des mois qu'il n'avait pas écrit à sa mère. Il faudrait qu'il le fasse pour lui raconter ses dernières aventures, en romançant certains passages, bien sûr, d'autant que personne ne sachant lire là-bas, il fallait qu'une de ses sœurs aille trouver le prêtre pour que celui-ci fasse la lecture à la famille ! C'est sûr que s'il commençait à décrire par le menu comment il avait dragué un gamin de la gentry derrière une baraque de foire, ça ferait un foin !

À Eanna aussi il fallait qu'il écrive, qu'il lui raconte, peut-être avec un peu plus de détails. Il s'imagina le voyage de sa lettre, prenant le bateau, arrivant de l'autre côté d'un océan. Sa sœur lui avait déjà proposé de venir la rejoindre. Seán le savait, quelque part à New York, un petit bout de famille pourrait l'accueillir, entre valises et cuisine minuscule, rires des enfants et voisins italiens. Pour le clan, pour les liens du sang et du pays qui vous manque, il y aurait toujours un peu de place. La communauté irlandaise y était un peuple, forte de sa culture et de sa volonté de survivre. Mais cette trop grosse Amérique lui avait toujours fait peur. Seán voulait un pays qu'il puisse traverser à pied. Aux États-Unis, sur ces terres immenses de conquêtes passées, tout était trop grand pour un seul homme, même les ambitions.

Le train siffla pour annoncer son arrivée à la station. Seán prit son sac et descendit du wagon. Passé le quai, il traversa la gare et marcha un peu pour rejoindre le cœur de cette ville à la fois si anglaise avec ses commerces collés aux petites maisons à jardinet et si médiévale avec son université pieuvre étendant son campus dans chaque rue. Bientôt, il lui sembla entrer dans un pays de contes de fées. Oxford et ses cent petites tours, ses milliers d'étudiants se faufilant par des portes gothiques dans ce qui pouvait ressembler à des monastères, était intemporelle comme la page enluminée d'un des livres de messe de l'église de Killarney.

Seán resta un moment planté à un carrefour sur High Street, perdu dans la contemplation de ce royaume suspendu hors du temps. Bouillonnante de vie, d'études, de rires, d'énergie, Oxford lui parut d'abord un monde surprenant où vivaient le Passé et le Futur mêlés. Les pierres ici portaient, à elles seules, la mémoire de cette université quasi millénaire peuplée de drôles d'habitants, d'êtres étranges : les étudiants, des jeunes gens vrombissants d'activité, tournant leurs regards exclusivement vers l'Avenir et ses multiples promesses. Des carrières se traçaient, des vies se devinaient. Passé et Futur nourris l'un de l'autre, la ville flottait sur un paradoxe. Et Seán se demanda, un peu groggy, si à force d'acharnement, il pourrait un jour rejoindre ce même flot. Après tout, pourquoi pas, le monde était un champ de possibilités.

Un garçon en uniforme le bouscula en riant et il réalisa qu'il était toujours planté au milieu du trottoir. Il chassa ses rêves d'avenir radieux pour revenir à une réalité concrète : il devait trouver le *college* de Benjamin. Dans ses lettres, l'étudiant lui avait décrit la ville avec force détails, sauf que, maintenant qu'il y était, Oxford lui semblait être un vrai labyrinthe.

Comment reconnaître un *college* d'un autre, au milieu de cet enchevêtrement de boutiques, de pubs, de bâtiments publics ?

Il se mit à errer au petit bonheur dans les rues, incapable de se repérer. Les ruelles s'emmêlaient inextricablement et chaque porte et portail ressemblait à un passage secret. En levant le nez pour admirer les façades anciennes, il trouva des noms gravés sur d'augustes frontons, des noms aussi énigmatiques que Magdalene, Christ Church, All Souls, Brasenose, Merton. Et pour faire plus pompeux encore, il y avait des armoiries partout : des lions, des dragons, des lys, un véritable décor de film de cape et d'épée. Il passa près d'un marché couvert, puis devant la devanture d'une charmante librairie. Dans la vitrine, les ouvrages aux belles couvertures chamarrées lui firent envie. Plus loin, un pub résonnait du brouhaha de ses clients, des étudiants pour la plupart, ou des professeurs. Rares étaient les personnes vêtues comme lui d'une veste élimée et d'un pantalon de travailleur. Benjamin lui avait dit qu'il logeait à New College, mais comment demander son chemin sans passer pour un plouc ?

Seán craignait qu'en trois phrases, son accent irlandais si reconnaissable ne lui ferme toutes les portes. Au bout d'une bonne heure, la chance vint à son secours. Une voix féminine le héla alors qu'il faisait le tour d'un bâtiment circulaire contenant, s'il pouvait en juger par les hauts rayonnages visibles depuis l'extérieur, une immense bibliothèque. Un groupe d'étudiantes emmené par une charmante jeune femme aux boucles auburn s'approcha de lui.

— Seán, Seán Reilly ? demanda la meneuse.

— Euh, oui, répondit-il en ôtant sa casquette, très étonné d'être reconnu dans une ville qu'il n'avait jamais visitée.

— Violet McMuir, se présenta-t-elle.

Elle lui tendit sa main à serrer, ce qu'il fit promptement.

Derrière elle, ses amies gloussaient en lui envoyant des coups d'œil.

— Nous nous sommes croisés cet été, j'étais avec mon frère Rupert et Benjamin Taylor. J'ai l'art de me souvenir des visages, et le vôtre avait fait forte impression. Quel hasard de vous voir ici !

— Violet ! Bien sûr, pardon de ne pas vous avoir reconnue. Je dois vous remercier pour votre aide, pour les lettres. C'était très chic de votre part, s'excusa-t-il en faisant un effort de prononciation et de diction.

Il se redressa, le plus présentable possible devant cette jeune fille que Benjamin tenait comme sa plus chère amie. Elle l'observait de façon inquisitrice, comme pour l'évaluer. Elle en avait bien le droit, se dit Seán. Après tout, bien qu'hypothétique fiancée de Ben, elle avait été jusqu'à accepter et même favoriser leur amour illicite. Devant ses remerciements, Violet fit un élégant geste de déni.

— Je vous en prie. Nous y avons un intérêt commun. Le bonheur de Benjamin m'importe autant qu'à vous.

Cette réponse mit Seán mal à l'aise. Il détectait comme un brin d'avertissement dans le ton de la jeune femme. Violet reprit :

— Puis-je vous aider ? Vous sembliez perdu.

— Oui, en effet. Je cherche New College, pourriez-vous me dire…

— Évidemment, vous souhaitez le voir, le coupa-t-elle avec un sourire crispé. C'est juste là, prenez cette ruelle, l'une des entrées de New College se trouve dans un renfoncement avant le premier coude. L'heure du déjeuner vient de s'achever, vous devriez le trouver sans peine près du bâtiment que l'on nomme le hall.

— Merci vous me sauvez la vie, encore une fois, commenta-t-il galamment.

Ce à quoi Violet répondit par un sourire et une question soudaine.

— Il sait que vous venez ?
— Non, c'est une surprise.
— Ah, nota-t-elle, pensive.

Elle prit un temps avant de poursuivre sa phrase.

— Il va être ravi. Bien, nous devons y aller. J'espère que nous aurons l'occasion de nous revoir pour discuter poésie ou cinéma. D'ici là, prenez soin de vous.

Sur ces mots, elle le quitta. Seán la regarda s'éloigner, perplexe. Servant d'intermédiaire, est-ce qu'elle avait lu leur correspondance ? Sans doute pas... Sans doute que ce qu'elle savait de lui, son amour pour la poésie, ses ambitions de cinéaste, c'était Benjamin qui lui avait raconté. Surprenante Violet McMuir, très conforme à l'image de la jeune aristocrate hautaine, pourtant... Il laissa là ses réflexions, cette jeune fille n'était pas le but de son voyage.

Il reprit sa recherche, et trouva l'entrée de New College après être passé sous un gracieux petit pont couvert. À l'emplacement décrit par Violet, il y avait bien une porte antédiluvienne, mais hélas, un cerbère en gardait le pas. Seán, impressionné, resta à bonne distance. L'enceinte d'un *college*, l'entrée d'un sanctuaire de l'éducation, comment oser s'y présenter ? Cela ressemblait à la porte d'un couvent ou celle d'une prison de luxe, avec un gardien en uniforme et même une grille en fer forgé. Il jeta un œil dans la cour dont il apercevait le carré herbu. Plusieurs étudiants sortirent au même moment, de grands gaillards dégingandés semblant sympathiques, Seán en arrêta un.

— Pardon, est-ce que vous savez où je peux trouver Benjamin Taylor-Binckes ? Je suis son... cousin et euh...

Le garçon le dévisagea un instant. Il leva un sourcil, soupesa ostensiblement la possibilité qu'un tel pouilleux soit cousin d'un élève d'ici, toutefois, et par flemme probablement, il écarta tout scepticisme.

— Ben Taylor ? Il arrive, il était en train de déjeuner il n'y a pas cinq minutes. Tu n'as qu'à l'attendre dans le *quad*[62], lui conseilla-t-il en désignant d'un coup de menton la cour intérieure.

Seán avisa le portier derrière son guichet clos qui faisait passer les lieux pour la guérite d'une caserne. L'étudiant, voyant sa mine effarouchée, le poussa d'une bourrade.

— Rentre, tu ne vas pas te faire dévorer. Eh, Monsieur Radcliffe, c'est une visite pour Taylor, un cousin à lui venu de province, lança-t-il avant de rejoindre le groupe d'amis qui l'attendait au coin de la rue.

Seán ôta immédiatement sa casquette et prit l'air le plus provincial qu'il avait à son répertoire. Le portier répondit d'un aboiement peu amène, et le laissa passer sans plus de cérémonie.

Devant lui s'ouvrait le premier *quad* de New College[63] : un grand carré de pelouse taillé avec une régularité presque suspecte et bordé de beaux édifices auxquels les fenêtres hautes avec leurs vitraux donnaient des allures d'églises. Des vignes vierges aux feuilles rouge vif grimpaient à l'assaut des murs centenaires. Seán n'avait jamais mis les pieds dans un endroit aussi majestueux. Il en resta un moment bouche bée. Au bout d'une poignée de minutes, de l'autre côté de la cour, une nuée tapageuse d'étudiants émergea d'un des bâtiments les plus imposants.

Le cœur de Seán fit une pirouette dans sa poitrine. Benjamin était parmi eux. Il était vêtu d'un uniforme bleu foncé et enfilait sa veste tout en continuant une conversation animée avec deux de ses camarades. Ses joues étaient rougies par l'air frais et l'enthousiasme. Radieux et follement attirant, il était tel que dans son souvenir, tout à la fois adorable et presque intimidant, tellement à l'aise dans cet univers qu'il maîtrisait à la perfection.

C'est alors que Benjamin l'aperçut. Il marqua un temps d'arrêt, les yeux écarquillés. Tout se figea autour d'eux, comme si le temps retenait son souffle. Seán, lui, retenait le sien. S'il n'était pas le bienvenu ? Si tout ceci était... une immense connerie ?

Fort heureusement pour ses nerfs, se dessina sur le visage de Benjamin l'arrondi d'un magnifique sourire. Dans son cœur, se formèrent les premiers mots d'un sonnet romantique, de ceux qui rendent les poètes si follement épris. Seán repensa à certaines strophes célèbres et se prit une seconde pour un nouveau Verlaine fou d'amour devant son Rimbaud. Benjamin courut vers lui et lui sauta dans les bras, manquant de le renverser. Il riait à en avoir les larmes aux yeux et le jeune Irlandais le serra fort. Il était heureux et soulagé, mais surtout ému de le retrouver après tous ces mois d'attente. Pour lui, pour son âme de poète, cela avait été ni plus ni moins qu'une éternité. Au bout de longues secondes, ils se séparèrent enfin. Benjamin, encore remué, cherchait ses mots.

— C'est toi, c'est bien toi. Comment es-tu... comment as-tu... Mince, on s'en fiche ! Seán, c'est si bon de te voir !

— Je voulais te faire une surprise. C'est réussi, je crois.

— Tu l'as dit ! s'exclama l'étudiant en le poussant gentiment. Oh, bon sang, j'ai cru que j'avais une vision !

Moi aussi, pensa Seán. *Je t'ai vu tellement souvent en songe que j'avais fini par croire que tu étais une illusion.* Mais il ne lui avoua pas ces mots-là, de peur de passer pour un sentimental.

— Eh bien, je te fais visiter mon biotope ? demanda soudain Benjamin, les yeux pétillants de joie.

Seán ne sut que hocher la tête et le suivre, encore trop émerveillé pour parler. Ben l'entraîna d'abord vers le grand *hall*[54] dont l'air tiède et lourd empestait les relents de pommes de terre bouillies servies le midi aux étudiants. Seán se rappela qu'il avait faim ; pourtant, trop intimidé par le lieu qui ressemblait furieusement à la salle du trône d'un château, il n'osa rien en dire à son ami.

Sur les murs, entre les fenêtres hautes, il y avait des portraits de doyens de l'université accrochés jusqu'au plafond. De grands portraits ternes et ronflants d'hommes à cheveux gris qui semblaient ne pas s'être beaucoup amusés au cours de leur vie. Seán ne les enviait pas, quel destin d'être figés ainsi depuis des décennies à se couvrir, déjeuner après déjeuner, d'effluves de ragoût !

Ensuite, les deux bâtiments étant voisins, ils entrèrent dans l'extraordinaire chapelle qui, par sa taille, valait bien une cathédrale. Seán admira pieusement les stalles en bois vieilli, les vitraux datant de la Renaissance et surtout l'immense mur de l'abside couvert de dizaines de statues de saints. Un instant, il se demanda si Benjamin venait y prier. Il en doutait. Si lui-même avait encore dans le cœur les bribes de son éducation catholique, son ami, fils et petit-fils de médecin, revendiquait un scientisme virulent.

Après ce détour, Ben lui fit jeter un œil à l'auguste bibliothèque où quelques garçons studieux étaient en train d'étudier. Seán brûlait de curiosité d'ouvrir l'un des vieux livres garnissant les étagères, cependant, Benjamin filait déjà entre les rayonnages et il le suivit, encore une fois, incapable de n'être autre chose que le papillon à la poursuite de la flamme. Ils passèrent ainsi de cours en cloîtres, de passages voûtés en escaliers affaissés, Benjamin lui présentant l'histoire des lieux avec enthousiasme. De son côté, il essayait de retenir le plan du *college* dans un curieux réflexe de survie, s'attendant à devoir s'enfuir à la première occasion. Alors qu'ils traversaient les jardins, Benjamin lui pinça la nuque.

— Tu ne fais pas attention à ce que je dis !

— Mais si, tu parlais de ce type-là : lord Peau d'âne et son bouillon original, objecta Seán avec une évidente ironie.

Benjamin laissa échapper une toux moqueuse.

— Haldane ! Lord John Scott Haldane[65], et c'est la « soupe primordiale ». Bon, très bien, je crois que tu as eu ta dose. Et en parlant de soupe, n'as-tu pas faim ? Allons prendre un encas.

Seán opina du chef avec enthousiasme, il était réellement affamé. Plutôt que d'aller grappiller un peu de rab dans la cuisine du *hall*, Benjamin le fit sortir du *college* et l'emmena sur High Street. Les deux jeunes gens s'arrêtèrent devant la vitrine d'un charmant et distingué salon de thé. Seán regarda la façade pimpante avec une certaine appréhension. Il ne pouvait pas se permettre de dépenses superfétatoires et les lieux semblaient à l'évidence au-dessus de ses moyens.

— Vous n'avez pas de pubs ici ? hasarda-t-il en pensant aux quelques shillings qui traînaient dans son porte-monnaie.

Benjamin se mordilla la lèvre inférieure avec gêne.

— C'est-à-dire que oui, mais, vois-tu, les étudiants mineurs n'y sont pas admis, ou bien si, mais alors très surveillés, bref, ce n'est pas d'une simplicité biblique d'être admis dans les pubs pour moi[66]. J'en suis désolé, si c'est ce que tu voulais, nous pourrions...

— Non, non mais ça ira, c'est juste que... je peux te demander de me faire crédit ? demanda-t-il à Ben en accompagnant sa question d'un sourire en forme de grimace amusante. Comme tu le sais, je suis pauvre comme un rat d'église.

— Qu'est-ce que tu racontes, je t'invite, évidemment ! répondit l'étudiant en bombant le torse, heureux de jouer aux gentlemen.

Seán pencha la tête sur le côté et se mit à battre des cils en se tortillant les doigts avec coquetterie.

— Vous allez me faire passer pour une maîtresse entretenue, Lord Taylor-Binckes, minauda-t-il.

Benjamin eut un hoquet de rire qu'il tenta de calmer avant de pousser la porte de l'établissement. Le salon de thé était charmant avec ses murs peints en couleurs pastel et ses appliques dorées façon boudoir de comtesse. Dans un coin, un gramophone passait des balades composées par Cole Porter[67] ou chantées par Frank Sinatra, parfois les deux à la fois. Ce n'était pas loin d'être un lieu idéal pour un rendez-vous d'amoureux. Seán se sentit obligé de rajuster son gilet et son nœud de cravate.

Les deux garçons s'installèrent à une petite table carrée au centre de laquelle était posé un vase garni de jonquilles en

papier. Le charme anglais dans toute sa splendeur. Benjamin commanda pour eux deux. Quelques instants plus tard, la serveuse leur apporta à chacun deux scones joufflus et encore chauds, accompagnés de crème et de confiture dans de délicates assiettes de faïence rose bonbon. La théière fumante suivit, ainsi que ses deux tasses. Seán ne put retenir un ricanement avant de commenter d'un ton pincé :

— Et donc, nous attendons la famille royale pour quelle heure, déjà ?

Benjamin rigola franchement sans répondre.

— Tu es un habitué de ce genre d'endroit ? demanda quand même le jeune Irlandais, sérieusement impressionné.

— Non, pas vraiment, en fait. Les salons de thé, je n'y vais qu'avec tante Pearl. Et je te garantis qu'elle est loin de faire une compagnie aussi intéressante que toi. Quoique, parfois, quand elle me parle de ses aventures sur la côte normande…

— Tu m'en diras tant. N'empêche, regarde comment nous reluque la serveuse, j'ai l'impression d'être un caniche dans une basse-cour.

— Mais non, personne ne nous remarque, on est juste deux étudiants qui viennent prendre un thé au calme.

— Étudiants ? Toi tu étudies des trucs, pas moi.

— Mais si, tu es étudiant !

— Ah oui ? Première nouvelle. En quoi ?

— En… anatomie !

— Imbécile ! renvoya Seán en lui jetant sa serviette.

La serveuse à l'autre bout de la pièce leur lança un regard noir et les deux garçons reprirent une attitude plus distinguée, bien droits sur leurs chaises tout en ne parvenant pas à s'empêcher de glousser comme des idiots de temps à autre.

— Tu m'as manqué, souffla soudain Benjamin après une gorgée de thé.

Il avait les yeux baissés sur le contenu de sa tasse et le rose aux joues. Seán sentit son cœur se contracter. Il voulait lui prendre la main. Cette main à laquelle il avait repensé des nuits durant.

— Toi aussi, tu m'as manqué. Énormément.

Sa voix s'étrangla et il se tut. Ils restèrent muets pendant de longues secondes, piégés par leur émotion. L'estomac de Seán vint à leur secours en se rappelant à son bon souvenir par une plainte pathétique.

— Mange, tu n'es pas venu jusqu'ici pour mourir de faim, l'invita Ben d'un ton affectueux.

Le jeune Irlandais fit rapidement un sort aux scones, les siens et ceux de son ami. Ragaillardi, il relança la conversation sur le thème de la poésie. Tout en finissant d'avaler une bouchée moelleuse, il prit sa besace sur ses genoux et se mit à farfouiller dedans. Benjamin l'observa faire, intrigué. Il en sortit un petit livre dans un état déplorable : sa couverture souple était tachée et en partie déchirée, sa reliure à l'agonie et le bord de ses pages râpés comme un vieux paillasson. Il le posa délicatement sur la table avant de remettre son sac sous sa chaise.

— J'ai trouvé cette merveille dans une poubelle il y a quelques mois de ça, commença-t-il, les yeux brillants d'enthousiasme.

— Tu ne me surprends pas vraiment, commenta Benjamin en lançant un regard de pitié au malheureux bouquin. Si tu veux, nous pourrons le faire amender chez Maltby[68], il en aurait bien besoin ce pauvre livre. Je parie que c'est un recueil de poèmes.

— Oui, c'en est un ! En français ! Et alors le plus fou, c'est que… Seán jeta un regard vers la serveuse, pour s'assurer qu'elle était occupée à tout autre chose, puis donna malgré tout à sa voix le ton de la confidence. Ce sont des poèmes d'amour, parfois même érotiques, et ces poèmes sont adressés à un garçon.

Benjamin fronça les sourcils. Il prit délicatement le fragile ouvrage et l'ouvrit. La page de titre contenait une dédicace, il était écrit « À ma muse. », sans plus de fioritures.

— C'est écrit par une poétesse ?

Seán, les yeux pétillants d'un sourire malicieux, fit « non » de la tête. Les lèvres de Ben formèrent un « o » muet.

— Qui est l'auteur ? demanda-t-il, très intrigué, en rendant le livre à son ami.

— Il est écrit E. Trommer sous le titre, mais ce nom est mystérieux, inconnu. Ça a été imprimé en France, mais il n'y a pas de date.

— Ce nom me dit quelque chose.

— Ah bon ? Tu n'as jamais lu de Baudelaire, mais tu connais E. Trommer ?

— Je ne sais pas, j'ai l'impression d'avoir déjà vu ce nom quelque part. Sur un livre, sur une étagère, quand j'étais petit.

— Vraiment ? Ça m'étonnerait que ton père ait ce genre de poésies dans sa bibliothèque.

— Certainement pas, non. Dis, tu ne voudrais pas m'en traduire quelques passages ?

— Vous n'étudiez pas le français, ici ?

— Ah, ne m'en parle pas ! Cette langue est d'une telle difficulté rebutante... Et puis j'ai envie de t'entendre les lire.

— Je ne crois pas que le lieu soit bien choisi pour traduire ce genre de choses à haute voix.

— Oui, c'est évident. Mais, si tu veux, lorsque nous aurons terminé, nous pourrions aller dans ma chambre... pour lire.

— Ta chambre ? Mais il fallait commencer par là ! Regarde, c'est ma dernière gorgée, j'ai fini, allons-y ! répliqua Seán en inhalant presque son thé avant de s'étrangler.

L'étudiant ouvrit de grands yeux choqués avant d'éclater de rire.

— Alors toi, tu as l'art d'être direct !

— Trois mois pour arriver jusque-là, je ne crois pas que l'on puisse me taxer de « direct », commenta Seán en toussant.

— Très juste, lui dit Benjamin avec un sourire canaille.

Voyant que son ami avait en effet terminé son encas, il demanda l'addition d'un geste de la main. Ils rassemblèrent leurs affaires, puis sortirent. Une fois sur le trottoir, Ben marqua une minute de réflexion.

— Je propose qu'à partir de cet instant, nous ne gâchions plus une seule minute. Je veux être avec toi autant que je le pourrai ! déclara-t-il solennellement.

Et sur ces mots, il partit en courant en direction de New College. Seán, d'abord ébahi, se reprit bien vite et le poursuivit avec le même enthousiasme. Après le portail d'entrée du *college*, ils déboulèrent dans le premier quad, puis dans l'aile des dortoirs. Seán manqua de le perdre de vue dans une succession d'escaliers et de couloirs et parvint enfin à le rattraper devant une porte basse.

Benjamin sortit une clé de sa poche et ouvrit le verrou grinçant. Hasard heureux, il avait sa propre chambre, ce qui n'était pas chose commune[69]. Elle était située au premier étage et donnait sur un des hauts murs d'enceinte de l'internat.

Cette chambre était minuscule, et il aurait été impossible d'y loger un second lit pour un colocataire comme cela se faisait beaucoup. La pièce était éclairée d'une fenêtre ornée de meneaux autour de laquelle courait un jasmin étoilé. Les petites fleurs blanches parfumées lui donnaient des allures d'illustration de livre ancien.

Seán entra, encore essoufflé et un peu gêné. Il était chaussé de godillots boueux et même si le tapis couvrant le parquet semblait avoir connu des jours meilleurs, il n'osait pas venir le souiller. Benjamin, le sentant indécis, le poussa affectueusement à l'intérieur et referma la porte derrière lui, puis il l'invita à prendre ses aises, sans façons. Seán finit par retirer ses chaussures comme le fit son ami pour lui montrer qu'il ne se formalisait pas de se promener en chaussettes.

La chambre était belle, chaude, avec ses poutres soutenant le plafond, son parquet de chêne et sa décoration surabondante et parfaitement étrange, mélange de modèles anatomiques horriblement réalistes, de dessins de vertèbres et de fémur, mais aussi, verrue trop artistique dans ce temple de la question médicale : le buste d'un Byron échevelé en porcelaine blanche. Seán, encore sonné par ce voyage en terre de féerie, s'approcha à pas lents du bureau encombré de l'étudiant. Son regard fut attiré par un gros album relié duquel dépassaient de multiples marque-pages. Il l'ouvrit, c'était un herbier, magnifique, constitué de centaines de fleurs séchées et d'aquarelles annotées. Benjamin surgit derrière lui et le lui commenta, avec une flamme particulière dans la voix.

— C'est un de mes trésors que tu vois là. C'est mon oncle qui me l'a prêté. Il s'agit d'un des tomes du grand herbier constitué par un de mes lointains aïeuls qui vivait en Hollande au XVIIIe siècle, il s'appelait Aloys Van Leiden. Regarde, c'est signé là.

Benjamin lui pointa du doigt une belle calligraphie ancienne, presque indéchiffrable pour lui qui n'avait jamais lu que des livres imprimés. Seán sentit tout le respect que son ami avait pour cet ancêtre honorable dont toute sa famille devait se raconter la légende de génération en génération. Le ton de Benjamin prit un éclat coquin.

— Cela ne vaut certainement pas ton recueil de poèmes invertis, mais oncle George affirme qu'il l'a écrit avec l'aide de son amant, un pirate venu des mers asiatiques qui lui a enseigné le javanais et beaucoup d'autres choses ! Il y aurait des messages cachés dans les dessins !

— C'est ça, bien sûr. J'en ai vu de la littérature obscène, et là, j'vois pas où les pétunias vont te faire tomber dans le péché ! se moqua Seán, pour ne pas laisser voir combien ce genre d'histoire le faisait rêver.

— Mais si tu savais ce que la botanique recèle d'obscénités, mon pauvre ami !

Il tourna une page en riant. Prenons ce pistil, par exemple, avec son bout arrondi et visqueux, n'est-ce pas qu'il fait penser à quelque chose ?

— Oui, sans doute, mais... à quoi ?

Seán prit un air perplexe de pacotille.

Il était très fort pour jouer les niais.

— Eh bien, moi, j'y vois une ressemblance avec... ta queue, par exemple ! lança Benjamin, en éclatant de rire et en se jetant sur le lit, suivi aussitôt par son compagnon.

Les deux garçons chahutèrent pendant un moment. Bientôt, essoufflés, ébouriffés et les joues aussi rouges que celles de deux diablotins, ils se retrouvèrent allongés l'un sur l'autre au milieu du chaos de la literie. Benjamin se contorsionnait pour tenter d'échapper à la prise de Seán, qui le maintenait par les poignets. Peine perdue, le jeune Irlandais était plus vigoureux que lui.

— Qu'est-ce que tu en sais, tu ne l'as jamais vue à la lumière du jour, ma queue, déclara Seán, haletant.

Ses mèches brunes lui retombaient dans les yeux et lui chatouillaient le nez. Il faillit éternuer. Ben fit une grimace pour mimer une intense réflexion.

— Hum, c'est vrai ça. Mais c'est comme ça que je me l'imagine depuis que je l'ai eue dans la main ! répondit-il avec malice.

D'un coup de reins, il tenta une nouvelle fois de se libérer, puis renonça et laissa ses muscles se détendre ; tout son corps devenu souple soudain, comme une amarre que l'on dénoue. Au-dessus de lui, Seán s'obstina à le garder contraint encore quelques instants, avec plus de vigueur qu'il n'en fallait. Il l'avait attrapé, et ne voulait pas le libérer. Benjamin Taylor-Binckes, son précieux et étrange animal. Ses paumes se crispèrent sur les fins poignets qu'il entravait. Il crut deviner la palpitation des veines sous la peau, il pensa sentir leurs battements cardiaques faisant un concert avec les saccades de leurs souffles. Son corps à lui était un fil tendu, pas un nerf qui n'eût été endormi. Son aine contre celle de Benjamin, son ventre contre le sien, leurs visages à quelques centimètres l'un de l'autre. En hypnose, il se plongea dans la contemplation de ses yeux. Un bleu sombre, aux éclats d'argent, cette couleur que l'étudiant disait lui venir d'un certain ancêtre dont Seán avait oublié le nom. Taylor, Binckes, Aylin, les silhouettes d'un passé mosaïque, fait de voyages, d'aventures, de légendes et de morceaux de vérité. Des liens noués sur la trame du temps, une vaste tapisserie composée d'une multitude d'histoires personnelles. Autant de fragments de la grande Histoire de l'humanité.

— Eh bien, tu en fais une tête ! Je t'ai choqué avec mes histoires de pistils ? plaisanta Ben, aveugle aux songes de son ami ou ne voulant pas s'y perdre lui-même.

Taquin, l'étudiant se passa la langue sur les lèvres avec une gourmandise proprement indécente et Seán se pencha pour goûter la brillante moiteur de sa bouche. Il l'embrassa une seconde à peine, comme on pose une question, plein d'espoir et d'inquiétude à la fois. L'atmosphère était si légère, si douce, que cela lui faisait peur. Il se demandait si lui aussi en ferait partie, un jour, de cette histoire. Est-ce que sa propre vie mériterait sa place sur l'immense toile de la Mémoire ? Est-ce que Benjamin se souviendrait de lui, lorsque, grand-père honorable, il se pencherait sur son passé ?

Ben se tortilla sous lui.

— Dis, tu pèses ton poids ! marmonna-t-il, impatient.

Cela tira enfin Seán de ses réflexions.

— Tu t'es imaginé quoi sur moi et sur ma queue, Sir Benjamin Taylor-Binckes ? taquina-t-il, sans le relâcher.

— Oh, si tu savais…

L'étudiant sourit, comme un démon, comme un ange. Ce regard et ce sourire étaient aptes à affoler les sens de n'importe qui, et ceux de Seán n'avaient pas besoin de davantage.

— Dis-moi, je n'peux pas deviner… souffla-t-il.

— Seulement des mots ? Je te croyais un homme d'action. Tu ne veux pas que je te montre plutôt ? répondit Ben en accompagnant sa question d'une légère ondulation du bassin.

Ils s'étaient mutuellement excités par leurs ébats préalables et, à présent, des jeux moins puérils seraient certainement de rigueur. Seán prit peur, il avait bien moins d'expérience qu'il voulait le faire croire et sa posture actuelle, où il dominait Benjamin de toute sa force, n'était qu'un leurre de plus : au fond de son cœur, il devinait que l'étudiant était sans doute bien plus dégourdi que lui.

— Tu ne me feras pas croire qu'il y a des choses que j'ignore en la matière. J'en ai vu d'autres, tu sais, fanfaronna-t-il malgré tout en libérant les poignets de son ami et en se relevant.

Benjamin l'observa, le visage sérieux. Ses joues n'avaient pas perdu leur teinte rosée et ses sourcils s'étaient froncés. Il se leva du lit lui aussi, rajusta sa cravate et tenta de redonner à sa chemise meilleure allure. Seán l'observa faire, bouche bée. Son absence de réponse à cette invitation hardie avait-elle été interprétée comme de la réticence ? Son ami était-il vexé ?

— Je… Je ne voulais pas forcément que l'on arrête de… de… tenta-t-il.

— Je ne pensais pas arrêter, le coupa Benjamin qui positionnait consciencieusement un vieux fauteuil avachi dos à la fenêtre. Assieds-toi là, s'il te plaît.

— Ah, oui euh… très bien. Pour… pour quoi faire ? demanda Seán en venant s'installer sagement à l'endroit indiqué.

L'assise du fauteuil fit un bruit de ressort en souffrance, et le jeune Irlandais ne put retenir un rire nerveux.

— Je voudrais te faire une fellation, lâcha soudain Benjamin d'un ton absolument neutre.

Pour autant, il peinait, tant il tremblait, à défaire les boutons à ses poignets pour rouler les manches de sa chemise.

Seán en resta soufflé. Il ne savait pas ce qui, du terme particulièrement technique ou de l'attitude de Benjamin, le choquait le plus ! Une hardiesse pareille dénotait avec l'idée qu'il se faisait de la bonne éducation des fils de la gentry. D'un autre côté, il voyait bien que cette bravade dissimulait très mal une violente agitation qui ressemblait beaucoup à de la frousse. N'osait-il pas être tendre ? Avait-il peur de paraître inexpérimenté ? Une fois encore, chaque détail et détour de l'esprit de Benjamin était une surprise, une insolence et une séduction à auxquelles Seán ne parvenait pas à échapper. Si tant est qu'il l'eût souhaité, et c'était loin d'être le cas. Il était trop pris déjà, capturé corps et âme. Le temps qu'il sorte de son hébétude, Ben s'était agenouillé sur le tapis entre ses jambes écartées. Il avait l'air à la fois nerveux et impatient, le regard rivé sur son entrejambe.

— Tu peux, hum, un peu te déshabiller, enfin, juste enlever… de manière à ce que… enfin, tu vois ? bredouilla l'étudiant, visiblement à court de témérité et de vocabulaire.

— Oui, euh… oui, balbutia Seán, de plus en plus envahi par la timidité.

Lorsqu'il défit les boutons de sa braguette, il sentit même ses mains devenir moites. Entre peur et anticipation, il parvint tout de même à libérer la concrète manifestation de son désir. Et Benjamin déglutit tout en inspirant par le nez. Les deux garçons pataugeaient ensemble dans une mare de trouille et de désir mélangés.

— Tu sais, si tu veux que l'on arrête... hasarda Seán.

— Non, pas du tout, répondit l'étudiant en l'entourant déjà délicatement de ses doigts blancs.

Le jeune Irlandais s'agrippa aux accoudoirs.

— Non mais, vraiment, je ne veux pas que tu te sentes obligé de... insista-t-il, plus par une obscure et instinctive pudeur que par réelle volonté.

— Tais-toi. Je me concentre.

— OK, OK, très bien. Mais surtout, si...

Benjamin lui lança un regard noir. Seán inspira profondément et se tut, hypnotisé par la vision des lèvres de Ben qui s'ouvrirent lentement, très lentement pour laisser entrapercevoir le bout de sa langue rose pâle. Celle-ci osa une première caresse timide, pour le goûter. Un frisson de plaisir raidit l'épine dorsale de Seán. Il ferma un instant les yeux, de peur qu'une jouissance trop rapide ne gâche le moment. Benjamin reprit son exploration, sa langue traça toute la longueur de son membre comme pour en évaluer la taille. Puis, d'une lampée indécente, il le prit en bouche et Seán enfonça ses ongles dans le bois des accoudoirs. Chaude, humide, voluptueuse, cette bouche était un puits de perdition, son âme allait s'y damner, sans aucun regret. Ne parvenant pas à l'accueillir tout entier dans sa gorge, Ben s'aida de sa main pour décupler sa caresse. Seán se sentit partir, se dissoudre, Benjamin pouvait le dévorer à présent, il se serait laissé faire, enivré qu'il était. Chaque mouvement de langue, chaque pression de ses doigts était un pas de plus au bord du vide. Son corps se tendit soudainement, le plaisir le submergea et, dans une ultime pudeur, il s'arracha à cette bouche trop gourmande pour empêcher sa jouissance de s'y déverser.

Après une bonne minute flottant entre l'extase et la conscience, il rouvrit enfin les yeux. Benjamin n'avait pas bougé, toujours assis sur le tapis effiloché, il le regardait. Ses lèvres étaient rouges, superbement rouges, et ses yeux miroitaient comme sous l'effet de larmes. Il était beau, si beau. Il semblait étonné, à court d'audace, bien plus ému lui aussi que ce qu'il avait cru anticiper. La crudité d'un tel acte ne laissait pas forcément prévoir que l'on pouvait être ainsi touché au cœur. À en croire les moralistes, la luxure n'avait pas les sentiments pour cortège. *Une belle erreur d'adultes confits dans l'abstinence*, conclut Seán intérieurement.

Benjamin se leva, sans rien dire. Seán pensa un instant lui demander s'il pouvait lui offrir une caresse identique, mais voyant la tache humide qui ornait l'entrejambe de l'étudiant, il comprit que celui-ci avait atteint par lui-même un vertige égal au sien. Seán voulut se lever lui aussi et remarqua alors le sperme dégoulinant sur sa propre chemise. Il n'avait pas emporté d'autres habits que ceux qu'il avait sur le dos.

— Je crois qu'il va falloir que je nous trouve un change de vêtement, commenta Benjamin, la voix enrouée et dissimulant un sourire satisfait.

— Oui, sans doute. Je suis désolé, je…

— Non, ne t'inquiète pas. Je dois avoir ce qu'il faut, dit-il en ouvrant une armoire bien trop imposante pour la pièce qu'elle occupait.

Il se mit à fouiller dedans tout en continuant la conversation sur un ton léger :

— Et, donc tu comptais dormir où ?

Seán se demanda comment l'étudiant parvenait à se reprendre si vite. Lui-même était encore sonné.

— Bah, je n'sais pas : dans un parc, sous un porche, il y a toujours un coin, c'est pas comme si c'était la première fois que je dormais à la belle étoile, tu sais, répondit-il en regagnant tant bien que mal son équilibre émotionnel.

Benjamin lui envoya un regard impressionné. Seán avait l'habitude de prendre les aléas de sa vie de gavroche sans s'en formaliser, cela devait sans doute lui donner des airs d'aventurier pour un étudiant habitué au confort quotidien.

— Hors de question, je vais te prêter ce qu'il faut, tu iras au relais des visiteurs. Je leur dirais que tu es un parent éloigné.

— Très éloigné, dis donc !

— Oui, très très éloigné ! Un cousin, un des multiples enfants naturels de mon oncle George.

Benjamin prit un air faussement méditatif.

— En plus, ça n'aurait rien de si incroyable, puisqu'il a été plus d'une fois en Irlande !

— Tu n'es pas en train d'insinuer que ma mère aurait pu tromper, même théoriquement, mon père avec ton fameux oncle George, j'espère ! commenta Seán en commençant à déboutonner sa chemise maculée de preuves bien trop compromettantes pour eux deux.

Tout en fouillant dans sa penderie pour dénicher des vêtements qu'il pourrait prêter à son ami, Benjamin lui jeta un coup d'œil par-dessus son épaule. Il s'inquiétait que sa blague n'ait pas été prise pour ce qu'elle était. Le jeune Irlandais n'aimait pas forcément qu'on se moque de sa famille. Seán lui sourit, goguenard, et répondit à sa question muette.

— Fais pas cette tête, je n'suis pas à ce point-là hermétique à l'humour anglais ! Mais, saches que tu peux toujours chercher, chez les Reilly, on a du pur jus de trèfle dans les veines. Pas une goutte de sang de navet de vous autres les lords Taylor et Binckes et je ne sais quoi.

Benjamin poussa un ricanement et reprit sa fouille dans l'armoire. Il mit la main sur une chemise propre.

— Je ne suis pas lord.

— Même pas un peu ?

— On n'est pas « un peu » lord, andouille. Tiens, essaye ça !

Il lui lança une chemise et un gilet.

— J'ai une cravate aussi. Par contre, pas de pantalon, t'es trop grand, ça ferait ridicule.

Seán avisa le doux tissu de la chemise. En l'enfilant, il en apprécia l'odeur de propre.

— Eh bien, il ne me manque plus qu'un coup de peigne et je vais pouvoir mettre la main sur une fille d'ici, badina-t-il en s'ajustant devant le miroir fixé sur la porte de chambre.

— Eh oh, j'espère bien que non ! s'offusqua Benjamin.

— Pourquoi ? Tu serais jaloux ?

— Non.

— Si, tu serais jaloux !

— Oui, eh bien, même si je l'étais, ça ferait quoi ?

Seán ne put réprimer un sourire. De savoir Benjamin jaloux lui collait des papillons dans le ventre. L'étudiant venait d'ôter son pantalon et son caleçon lorsqu'un coup retentit à la porte. Seán se recula au fond de la pièce, le cœur battant. La porte s'ouvrit. C'était Rupert.

— Ben, tire au flan que tu es ! Tu avais dit que cet après-midi, nous…

Rupert, estomaqué, avisa tour à tour son camarade encore en train d'enfiler un pantalon, le « délinquant irlandais » ébouriffé et ses joues rouges, et l'odeur caractéristique de l'intimité embaumant la pièce. Un silence extrêmement gênant tomba sur la petite chambre. Seán serra les poings.

CHAPITRE 17

1946, septembre

Le temps a parfois le hoquet. On vient de toquer à la porte du bureau de Benjamin. Il s'essuie les yeux avant de répondre car, à son cœur défendant, un voile de larmes les a envahis. Plongé comme il est dans le passé, il s'attend presque à voir surgir Rupert dans son uniforme du Merton College. Rupert et toute la cohorte des souvenirs de cette époque : du goût de Seán aux émois de son corps, de l'exaltation de cette première fois à la peur de s'être fait prendre... mais ce n'est que Miss Keats.

Elle ouvre la porte et se tient très droite, la gorge serrée dans un chemisier noir épinglé jusqu'au menton. Elle n'a pas changé d'un iota depuis le jour où elle s'était présentée à la porte du dispensaire avec sa mine stricte et sa besace de voyage. C'était en pleine guerre, l'époque n'était pas à refuser les bonnes volontés, même venant d'une femme de soixante ans passés qui n'avait eu à gérer depuis deux décennies que l'existence d'un célibataire endurci. Benjamin l'avait embauchée sans se poser de questions. Cette femme, l'ancienne intendante de George Binckes, dévouée jusqu'à l'abnégation, avait préféré rejoindre le petit hôpital des Taylor que de suivre son maître au départ définitif de celui-ci. George avait quitté Londres en 1941 ; un an plus tard, il faisait vider sa maison de Saffron Hill. Miss Keats avait beau lui avoir consacré sa vie, avoir veillé sur ses collections avec zèle, elle n'aurait pu le suivre et s'exiler de sa chère Angleterre. Pour elle, Londres et ses rues habillées de fog au matin, ses boutiques proprettes et sa sacro-sainte heure du thé, le stoïcisme anglais et l'aura de leur bienveillant roi forment le seul biotope où il lui est possible de survivre. Keats travaille depuis quatre ans au dispensaire.

Benjamin la regarde entrer dans la pièce de son pas raide. Même si ses rapports avec elle sont compliqués, il lui est reconnaissant d'une infinité de choses. À commencer par sa seule présence. Sans elle, il n'aurait certainement pas pu tenir l'hôpital avec suffisamment de fermeté. Presque immédiatement, Miss Keats s'était découvert une poigne d'adjudant-chef, parfaite comme préposée au chaperonnage des infirmières, s'occupant de l'organisation de leurs journées, de la gestion de leurs besoins matériels comme de leurs états d'âme. Ce poste où il fallait composer avec une myriade de jeunes exaltées venues de tous les milieux et ne disposant souvent qu'à peine des bases du métier lui allait comme un gant. Lui, non. Lui n'aurait pas pu s'imposer aussi bien qu'elle avait su le faire, se glisser dans ce rôle à mi-chemin entre la rigueur distanciée d'une gouvernante et l'écoute consolatrice d'une mère.

À l'arrivée de Miss Keats, Benjamin n'était guère plus aguerri que les infirmières qu'il avait sous ses ordres, il venait d'avoir 22 ans, son père était mort depuis moins de deux mois et il avait le cœur brisé. Déplorable cocktail pour se prétendre, en pleine guerre, directeur de tout un dispensaire. C'est en partie pourquoi, il le sait, le respect avait mis de longs mois à naître entre Miss Keats et lui. Elle l'avait longtemps vu comme un enfant immature, propulsé à une place trop haute pour lui, quelqu'un d'insaisissable à l'émotivité parfois débordante, parfois absente. Un jeune homme étrange oscillant entre plusieurs personnalités, l'exubérance des Binckes affleurant par à-coups sous la carapace de stoïcisme des Taylor. Elle n'a pas eu tort, bien sûr, de se méfier, et encore maintenant... Benjamin lui-même n'est guère à l'aise avec les atermoiements de sa propre psyché. Il se sait suspendu à un fil ténu, s'épuisant dans un équilibre précaire à attendre l'ultime tempête qui le fera verser d'un côté ou de l'autre.

Miss Keats l'observe comme le lait sur le feu. Du coin de l'œil, prête à intervenir, elle veille, discrète et opiniâtre. Avec toute la correspondance qu'il entretient au quotidien, peut-être croit-elle qu'il fait partie d'un de ces obscurs cercles d'intellectuels décadents, de ceux qui, depuis chez eux, prônent l'amitié du grand peuple des travailleurs unifiés ? Une philosophie hautement suspecte à présent que la Grande-Bretagne en est à chercher des espions partout et qu'une conférence réunie à Yalta[70] a offert aux Soviétiques un pouvoir immense sur l'Europe en ruines. Elle fait cela pour son bien, cependant, Benjamin n'aime pas ce regard qui le suit. Il n'aime pas être vu comme l'original à l'émotivité suspecte, le neurasthénique dont les crises sont liées à une lubie absurde. Il est médecin et sait mieux que quiconque que son amour sacrifié n'est ni une maladie, ni une absurdité. Et encore moins un caprice... bien que le mal soit là, incurable.

Il se mure dans le silence pour éviter de l'inquiéter et se demande si elle sait. Peut-être. Peut-être que George lui a raconté l'origine de son humeur dépressive et de cette carapace de solitude. Ainsi, il n'y a rien de surprenant à ce que Miss Keats, quatre ans après son arrivée, en soit à peine à admettre de l'appeler Docteur Taylor. Parfois, un « Monsieur

Benjamin » passe encore ses lèvres comme lorsqu'il était enfant, au détriment de son autorité et de l'image qu'il veut donner de lui-même.

Benjamin relève le nez de ses lettres et enjoint l'intendante d'un sourire appuyé à exprimer l'objet de sa venue. Comme à son habitude, elle n'ose pas faire plus de deux pas dans le bureau, mausolée sacré renfermant encore, pour elle, l'esprit de l'illustre docteur Taylor, le vrai : le père. Elle reste obstinément à l'entrée, quitte à hausser la voix pour se faire entendre.

— Des gens pour vous, Docteur Taylor, il s'agit de... C'est...

Elle semble chercher ses mots. Sans l'attendre, Benjamin reprend son stylo et fait mine de se pencher sur son travail. L'intendante continue.

— Ils sont en uniforme. Il y a cet homme. Un officier. Il vient spécialement vous voir, m'a-t-il dit. Et... enfin, c'est-à-dire...

Benjamin soupire, impatienté. Il rature pour la forme un mot de sa lettre en cours. Il veut rester seul pour affronter la nostalgie qui lui mange le moral. L'intendante poursuit malgré tout.

— C'est un soldat anglais. Oh, pas un de ces énergumènes d'Américains avec leur accent atroce, et je ne pense pas que ce soit un bolchévique... enfin, sait-on jamais vraiment ?

La pique antisoviétique volatilise ce qu'il lui reste de patience et il ne cache plus son exaspération :

— Oui, bien, Miss Keats, cet officier n'a pas d'accent et, ô joie, c'est un compatriote, pouvons-nous en venir au moment où j'apprends en quoi je puis l'aider ? commenta-t-il, une note de franche impatience dans la voix et le nez toujours baissé sur son courrier.

L'intendante accélère son explication et les mots se bousculent presque.

— Il dit vous connaître depuis fort longtemps, depuis bien avant la guerre et, je n'ai pas voulu vous alarmer, mais comme c'est un soldat de la R.A.F, alors j'ai pensé que…

— Pardon ?!

Benjamin vient de relever les yeux et son mouvement est d'une telle vivacité que Miss Keats en a un sursaut.

La R.A.F ! Le jeune médecin sent son cœur s'emballer.

L'intendante reprend, parle plus lentement, pour l'apaiser sans doute. Lui-même cherche à étouffer le feu d'espérance qui tente d'embraser son âme. Ce feu qui couve perpétuellement au plus profond de lui.

— Il a dit qu'il cherchait le Docteur Taylor. J'ai cru sur le moment qu'il voulait voir votre regretté père, ce pauvre garçon, alors je lui ai appris pour son décès. Il est devenu très blanc. Je l'ai fait asseoir une minute dans le couloir en face de la salle de consultation. Mais il n'a pas voulu attendre là. Il… Vous souhaitiez peut-être que je ne le fasse pas monter jusqu'à votre bureau ?

Benjamin se lève, lentement, les mains très froides et le feu aux joues. Dans son esprit, il y a une supplique qui tourne en boucle, la même depuis des années. *Juste un signe. S'il vous plaît. Un signe de lui.* De lui qui n'est pas revenu. De lui qui n'a pas donné de nouvelle depuis bientôt quatre ans. Quatre interminables années. La capitulation de l'Allemagne date de plus d'un an, la guerre est finie. Alors oui, les combats ne sont peut-être pas tous terminés, oui, il y a chaque jour des missives qui tombent, des découvertes sordides, mais il n'empêche que la plupart des soldats vivants sont revenus, les prisonniers, les blessés ont retrouvé leur patrie et leur foyer. Alors, pourquoi de lui pas une trace ?

Benjamin ne veut pas renoncer, pourtant, la résignation grignote chaque jour un peu plus son acharnement. On lui a dit, on lui a répété, on lui a assuré cent fois que Seán ne pouvait qu'être mort. Mort. Comme les autres, comme tous ceux qui s'étaient crashés cette nuit-là. Et si cet homme, ce soldat est...

— Vous a-t-il donné son nom ? s'entend-il demander d'une voix blanche.

— Oui, il m'a dit...

Miss Keats n'a pas le temps de finir qu'un bruit de parquet qui grince l'interrompt. Derrière elle, dans l'embrasure de la porte, vient de se dessiner la silhouette d'un homme en uniforme de la *Royal Air Force*. Le soldat n'attend pas d'y être invité pour rentrer dans le bureau.

— Bonsoir, Ben, salue-t-il en ôtant son calot.

Benjamin expire d'un souffle sec. En lui, la braise d'espoir s'est éteinte.

— Bonsoir, Rupert, répond-il froidement.

1937, novembre

Dans la petite chambre du New College d'Oxford, le silence avait fait place à une vive séance d'invectives. Rupert était droit sur ses ergots devant un Seán blême de colère. Les deux adolescents, de statures similaires, se toisaient comme deux boxeurs prêts à combattre. Rupert démarra la joute sur un ton extrêmement méprisant. Seán se borna d'abord à lui répondre par monosyllabes, faisant à plaisir jouer son accent prolétaire sur les consonnes par pure provocation. Au bout d'une poignée de secondes, Benjamin referma la porte pour éviter de faire profiter tout l'étage de leur discussion. Pour l'instant, les voix des deux opposants restaient sans éclat enflammé, l'un comme l'autre voulant prouver sa maturité en affichant un stoïcisme de façade. Rupert en était aux insultes provocatrices dites avec dédain…

— Miséreux, irlandais et mal dégrossi, et pour parachever le tout : sodomite. N'en jetez plus, le tableau est complet.

— T'as dit quoi ? *Somdomite*[71] ? répliqua Seán. À ce compte-là, je n'serais pas le premier. On m'a dit qu'ils étaient produits par chez vous, ces gens-là.

Rupert lui renvoya une grimace de répulsion et se détourna pour s'adresser à Benjamin.

— C'est répugnant. Il est répugnant. Non mais tu vois ce que ce vaurien est capable de dire, Ben ? Cela ne te dégoûte pas ?

Seán étouffa un ricanement et Benjamin ne put réprimer un sourire en repensant qu'en matière de goûts et dégoûts, il venait justement de tester de bien scabreuses saveurs.

— Il n'a pas entièrement tort, tu sais. Oxford a une réputation à ce niveau-là : internationale pour le moins, commenta-t-il, sardonique.

Seán et lui échangèrent un sourire complice et Rupert, conscient que ses commentaires étaient tournés en ridicule, se braqua dans une posture de moraliste.

— Ne prends pas cela à la légère, Benjamin. Ce n'est pas un jeu, ce n'est pas une blague, ce n'est pas une fadaise de pensionnat. C'est…

— Non, en effet, l'interrompit Ben, sa patience s'effilochant dangereusement. Et d'ailleurs, puisque tu en parles, oui, c'est très sérieux, Rupert. Ce qu'il se passe entre Seán et moi, c'est sérieux. Mais tout cela te dépasse complètement. Tu arrives ici avec tes sermons surannés et, franchement, je ne vois pas en quoi cela te concerne.

— Alors d'accord, c'est moi qui suis l'effroyable juge, le monstre de pudibonderie. Pardon d'essayer de t'éviter de te faire virer d'ici ! Si quelqu'un vous avait surpris dans une position compromettante, tu imagines les conséquences sur ton avenir ?

L'étudiant accompagna ses mots d'un geste grandiloquent.

— Et même sans cela, comment ne pas avoir des soupçons : toute ta chambre sent le foutre !

— Si poétique, ironisa Seán.

Rupert, furieux, se tourna vers lui et lui pointa un doigt rageur sous le nez.

— Alors toi, je crois que tu ferais bien de te taire. Parasite. Pervers. Dépravé. Pur produit de ton espèce.

Seán prit une longue inspiration tout en serrant et desserrant les poings.

— Un peu trop d'allitérations en « p », même pour toi, Perty, ricana l'Irlandais.

Ce à quoi Rupert répondit par un grognement de très mauvais augure.

Benjamin intervint avant que les deux garçons en viennent aux mains. Saisissant fermement le bras de Rupert, il l'écarta de son amant.

— Bon, je crois qu'on en a assez entendu. Que la situation te révulse, je veux bien l'entendre, mais je ne vais pas te laisser être insultant envers Seán.

— Insultant ! Alors là, c'est la meilleure, répliqua Rupert en le repoussant. Tu es quoi maintenant, son chien de garde ? Il ne sait pas se défendre seul ton gigolo ?

Cette fois, Benjamin eut à plaquer sa main sur le torse de Seán. Son regard avait viré au bleu glacier. La dispute n'allait pas pouvoir être maîtrisée encore longtemps.

— Me défendre ? Contre quoi ? Ton air de fils à papa ? En une tarte, je te plante au mur, jeta l'Irlandais.

Rupert eut un léger mouvement de recul, mais ne se dégonfla pas.

— Vas-y, bastonne-moi. Un mot aux autorités et tu finiras aux travaux forcés.

— Alors si tu crois que tu me fais peur, je vais te…

— Non, personne ne va finir où que ce soit, coupa sèchement Benjamin. Rupert, tu n'as pas le début du commencement de l'explication de tout cela. Je vais te demander de quitter ma chambre parce que, de toute façon, ce qui se passe ici ne te concerne pas.

— Si, justement, cela me concerne, explosa Rupert.

Il apostropha Seán en désignant Benjamin d'un doigt accusateur.

— Il t'a dit qu'il allait se fiancer ?

— Oui, répondit le jeune Irlandais sans sourciller.

Rupert en resta un instant effaré.

— Et évidemment, cela ne t'a pas dérangé de traîner un garçon sérieux dans la débauche ?

Encore une fois, c'est Benjamin qui répondit à la place de Seán.

— Il ne m'a pas débauché ! Mais enfin, qu'est-ce que tu vas chercher ? Si tu savais, mon pauvre vieux. Et pour ta gouverne, ta sœur est bien plus ouverte d'esprit que toi.

— Pardon ! Attends, ne me dis pas que tu as été raconter cela à Violet ? Mais tu es fou !

— Ah, parce que tu t'imagines que ce genre d'histoires est de nature à la choquer ? Ce n'est pas une jouvencelle du Moyen Âge[72] et tu le sais très bien.

— Eh, c'est de ma sœur dont il est question !

— Non, c'est de moi dont il est question, ce que je veux faire, qui je veux voir et qui je veux aim...

Benjamin s'interrompit, retenu par une pudeur sincère et la nécessité de préserver la beauté de ses sentiments en ne les clamant pas. Ce ne fut pas ainsi que Rupert interpréta son hiatus, hélas.

— Ah ! Tu te rends compte de l'absurdité de ce que tu allais dire ! Tu te rends compte combien c'est obscène !

— Ce n'est pas obscène !

Cette fois, Benjamin venait d'élever ostensiblement la voix.

— Mais bien sûr que si ! Bon sang, Ben, je te reconnais plus.

— C'est moi qui ne te reconnais plus. Tu es censé être mon ami, pas mon père. Fous-moi la paix, bon Dieu !

— Non, je ne t'abandonnerai pas à l'influence de ce dégénéré !

— Très bien. Si c'est comme ça. Tu n'as qu'à rester là à mariner dans ta bigoterie, nous, on s'en va.

Et d'autorité, il se saisit de la main de Seán et, empoignant leurs manteaux, il ouvrit la porte de sa chambre à la volée.

— Où vas-tu ? s'affola Rupert.

Benjamin ne se retourna pas pour lui lancer farouchement :

— Ne nous suis pas ou je promets que je te colle mon poing dans la gueule.

Rupert recula d'un pas. Il les regarda partir.

1946, septembre

— Tu aurais mérité bien pire que mon poing dans la gueule.

— Je le sais.

Dans le bureau de Benjamin, le soleil couchant drape la pièce d'un voile de drame. Miss Keats s'est retirée, elle n'a pas sa place dans ce bain de rancune et de regrets. Pour les deux hommes qui ne se sont pas vus depuis des années, cette confrontation est un volcan. Leur passé commun coule entre eux comme de la lave. Elle remonte la crevasse, elle déchire le présent et ravive l'incendie. Benjamin observe lucidement Rupert. Une cicatrice blanchâtre lui mange une partie de la joue droite, souvenir de la guerre et de la violence des combats aériens. Sa silhouette s'est épaissie, son front est barré de plis soucieux, il porte la moustache. Il aura bientôt 30 ans et il ne reste chez lui pratiquement aucune trace du garçon avec lequel Ben jouait à cache-cache dans l'immense manoir des ancêtres McMuir.

— Que viens-tu faire ici, Rupert ?

Le jeune médecin est sec, glacial. Il n'a pas la force de faire semblant. La seule présence de cet homme, fantôme déformé d'une époque disparue, lui est insupportable. Il voit en lui celui qui a survécu, celui à qui le destin a donné une chance. Au fond de lui, il ne peut s'empêcher de voir en cela une injustice. Si on lui avait demandé de choisir, entre l'homme qu'il aimait et son ami d'enfance, quel nom aurait-il donné à dame Fortune ? Qui aurait dû vivre ? Qui aurait-on sacrifié ? Atroce sentiment. Rupert a ôté son calot, il se mâche la lèvre inférieure avant de répondre.

— Je suis venu pour tenter, peut-être, de... réparer.

Ben le soupèse, lui et ces quelques mots qui lui semblent vides de sens.

— Réparer ? Tu crois avoir ce pouvoir ? Par quel miracle ? Tu sais que je ne crois pas en ces superstitions. Et si tu viens chercher un pardon, il est un peu tard, constate froidement Benjamin.

Puis il se détourne pour s'affairer à ranger des documents dans une pochette. Rupert le regarde faire, désemparé.

— Je sais. Mes excuses ne te serviraient en rien. Non, ce n'est pas... Je voulais...

Il reprend haleine, s'embrouille, recommence :

— Je suis sans doute le pire des intermédiaires, mais...

Benjamin le coupe par un ricanement acerbe.

— Ah non, je te vois venir. Si tu as l'intention de me présenter une jeune veuve ou je ne sais quelle femme bien née en mal de mari, tu perds ton temps et tu me fais perdre le mien par-dessus le marché !

Rupert tend la main, un geste pour l'interrompre, pour l'apaiser. Ce n'est pas cela qu'il est venu proposer.

— Non, Ben, écoute, je... Es-tu toujours... Tes préférences en matière de... enfin... est-ce que tu... tu sais...

Il cherche ses mots. Il y a quelque chose de pathétique dans ce manque de vocabulaire, se dit Benjamin. Pédé, folle, tantouse, il n'y a pratiquement que des insultes dans le langage courant pour qualifier ce qu'il est et Rupert se débat pour ne pas être blessant, mais ses hésitations le sont. Ben, las, met fin à ses ânonnements.

— Tu croyais que cela me serait passé ? Comme un rhume ?

— Eh bien, je... non, pas comme un rhume, mais peut-être qu'avec l'âge...

Benjamin soupire avant de lui répondre, cynique :

— Eh bien non, Rupert. Tel que tu me vois, je suis encore et, semble-t-il, irrémédiablement homosexuel.

— En es-tu bien sûr ? Je veux dire : il a été ta seule expérience. Peut-être qu'en te tournant vers d'autres...

Benjamin perd son calme, ce genre d'absurdités le fatigue. Ce « il » trop neutre l'exaspère. Ce « il » qui nie l'identité, qui efface le souvenir. Alors il hausse le ton.

— Qu'est-ce que tu en sais, que Seán a été mon seul amant ? Comment pourrais-tu savoir combien de nos semblables j'ai baisé pendant la guerre ?

Rupert regarde ses doigts, il regarde le calot fripé dans sa main, il parle d'une voix contrite.

— Non, mais avec les bombardements, l'hôpital, tes responsabilités ici, j'imagine que…

— Ah oui, tu imagines, ironise Ben. Et donc toi, les missions, la guerre, ça t'a empêché de trouver des filles ? Non ? Eh bien moi, c'est pareil. On est tous les mêmes, Rupert, la seule différence, c'est que toi, tu fais monter ta conquête à l'étage du pub sous les hourras de tes potes, et que moi, je tringle la mienne sous un pont mal éclairé en espérant ne pas me faire choper par la police.

Rupert fait une grimace, les mots le choquent sans doute. Benjamin s'en moque. Qu'il soit choqué, peu lui importe. D'ailleurs, il n'a même pas eu à forcer le trait, puisqu'il s'agit de la stricte vérité. Il y a bien eu un homme, un parfait inconnu, durant un bombardement. Ils s'étaient tous les deux réfugiés contre la pile d'un pont. Ils étaient seuls, effarés comme deux bêtes traquées par les chasseurs. Les incendies, les sirènes, les explosions donnaient à ce décor une atmosphère de fin du monde. Ils s'étaient regardés, avaient compris. L'euphorie de la mort imminente les avait fait se jeter l'un sur l'autre[73]. Benjamin se souvient de l'avoir pris, debout. Il se souvient de ses mains écorchées sur les briques du mur. Il se souvient de la brutalité de ce besoin viscéral, de l'animal éveillé en lui et du dégoût ensuite, de l'envie de fuir. Il ne se souvient pas du visage de cet homme.

— Tu l'as trompé ? lance Rupert.

Cette question incongrue sort Benjamin de son souvenir. Il rit carrément, jaune, avant de répondre.

— Ah non, ne va pas t'imaginer que tu as le droit de me juger. Tu ne sais pas ce que j'ai traversé, ce que je traverse encore. Si tu veux savoir si j'ai oublié Seán, sache que non. J'en suis incapable. Ce genre d'égarements, on en a tous connu, toi, moi, lui sans doute s'il en a eu l'occasion. Cette guerre nous a tous rendu notre état sauvage à un moment ou à un autre, sous une forme ou sous une autre.

— Mais tu n'as pas voulu, comment dire, tourner la page ou trouver une...

Rupert ne termine pas sa phrase, son regard fuit celui, ardent, de Benjamin. Ce dernier retourne derrière son bureau. Il y pose ses lunettes précautionneusement, à côté de son étui à stylo.

— Une quoi, Rupert ? Une fiancée ? Moi ? Cette idée est ridicule. Je te rappelle que la seule femme avec qui j'aurais pu accepter de me fiancer est mariée.

— Je sais.

— Et enceinte.

Rupert ouvre de grands yeux, puis fronce les sourcils.

— De George ?

— Bien sûr de George, puisque c'est son mari. Il est loin d'être impuissant, de ce que j'en sais. Ta sœur n'allait pas rester vierge indéfiniment.

— Tu n'es pas obligé d'être vulgaire.

— Je ne suis pas vulgaire. C'est un fait, objectif, « cru » à la rigueur. C'est la Nature. Un homme et une femme s'épousent, ils s'accouplent et, s'ils le peuvent, ils procréent. Point. Si tu tiens tant à me mettre au même rang qu'un animal en rut parce que je me permets de satisfaire mes besoins physiques, applique ce point de vue à l'ensemble de notre espèce.

Rupert se prend à bougonner pour cacher sa gêne. Le sujet l'embarrasse, il ne veut pas parler de sa sœur.

— Toi et ta vision scientifique. On dirait qu'il n'y a rien qui puisse te rebuter. Cela ne m'étonne pas que Violet t'ait toujours apprécié, vous êtes pareils : indifférents à la morale, de parfaits inconscients.

— Ce n'est pas être inconscient que de vouloir vivre ses passions. Je n'ai pas de regrets et je suis sûr qu'elle non plus.

Rupert se mure dans le silence. Benjamin sait qu'il tente de comprendre, qu'il essaye d'être bienveillant, mais son attitude ressemble trop à de la pitié. Cela l'insupporte. Le frère de Violet est toujours bloqué dans cette posture de mendiant de l'attention, comme lorsqu'ils étaient enfants et qu'il jalousait sa sœur. Ben a bien conscience que malgré ses efforts, Rupert lui envie encore cette relation fraternelle qu'il a gardée avec Violet. D'autant qu'elle a coupé les ponts avec lui depuis des années alors qu'elle continue à écrire à Benjamin régulièrement.

Le fait est qu'en pleine guerre et à peine majeure, elle a arrêté ses études, passé le permis de conduire et s'est engagée comme ambulancière dans le bataillon Rochambeau[74]. Les aventures qu'elle a vécues les années suivantes sont à peine croyables. Du Maroc à la libération de Paris en passant par le débarquement de Normandie, elle a fait toute la guerre au plus près des lignes de front, au cœur du danger. Et pour couronner le tout, qu'elle croise George Binckes fraîchement promu dans la délégation britannique à Paris, qu'elle parvienne à l'épouser et qu'ils finissent tous deux installés aux États-Unis : on croyait lire un roman d'aventures, digne d'elle, assurément. La connaissant, Benjamin sait qu'une telle intrépidité ne se serait jamais satisfaite d'une vie terrée au foyer d'un lord bedonnant. Elle a amplement mérité ce destin flamboyant.

Ben frôle du bout des doigts la lettre qu'il était justement en train d'écrire à Violet. Les mots interrompus attendent qu'il reprenne son travail et le cours de sa vie. Ces lettres, toujours elles, adressées à l'administration des Armées, à Londres, à Paris, à Berlin, aux hôpitaux, aux ambassades, Benjamin s'acharne à écrire. Pour savoir. Seán est-il en vie ? Mort ?

Il cherche cette réponse sans cesse, sans se résoudre. Quatre ans qu'on lui envoie des réponses molles et condescendantes, et des coursiers en uniformes et galons neufs qui ne le sont pas moins. Ils ne comprennent pas, ces gens ballotés sur une mer d'indifférence, combien la moindre nouvelle, le moindre indice est important, plus qu'important : indispensable, vital ! Ils ne comprennent pas, ces hommes endurcis par les années d'abstinence, combien on peut continuer à aimer malgré l'absence, les interdits, les impossibilités, et combien on s'éteint chaque jour un peu plus à ne pas savoir si l'autre est toujours en vie. En fermant les yeux, il recompte machinalement le nombre de ses nuits sans repos, il fait la liste de ses insomnies glaçantes. Il y en a autant que de jours sans lui. Durant ces nuits-là, il se noie dans la souffrance et la solitude. Il s'imagine la détresse de celui qu'il aime, si loin de son pays, si loin de leur étreinte. De cette unique étreinte dont le souvenir est resté comme gravé sur sa peau, noué à son âme. La seule chaleur qu'ils aient eue avant les innombrables jours froids de la guerre.

CHAPITRE 20

1937, septembre

Une chambre d'auberge à Oxford. En plein après-midi. Un après-midi radieux comme l'Angleterre n'en offrait qu'aux amoureux transis. Une chambre si accueillante que l'on voudrait y rester toujours, s'y installer, y vivre et s'y fondre. *Que ce bonheur dure tout une éternité*, se dit Seán en faisant quelques pas dans la pièce.

Il prit une inspiration. L'air sentait le propre, c'était amusant comme l'atmosphère d'un lieu portait en lui toute une identité, toute une mémoire. Ici, avant lui, des visiteurs s'étaient sentis heureux, il pouvait le percevoir. Quelque chose dans cette chambre tenait de la poésie. Il posa sa veste et sa casquette sur l'unique chaise. Benjamin le rejoignit bientôt.

Il revenait d'avoir discuté avec l'hôte de l'auberge et payé la nuit d'hébergement. C'était généreux de sa part. Ben n'était qu'un simple étudiant qui ne pouvait se permettre de verser dans la munificence, ce geste était un vrai cadeau.

Bien conscient de cela, Seán lui sourit lorsqu'il passa le pas de la porte. Dans son esprit flotta soudain une impression troublante, celle d'être la jeune épousée accueillant son mari après une journée de travail. Il se surprit à aimer ce sentiment.

— C'est si confortable ici, merci, ne put-il s'empêcher de commenter, ému.

— Je te devais bien cela, après l'accueil que t'a fait Rupert. Encore une fois, pardonne-lui, il a plein de qualités, mais pas une once de recul quand il s'agit de sa sœur ou de moi.

— T'es sûr qu'il n'en pince pas un peu pour toi ?

— Je ne crois pas être irrésistible, tu sais, et séduire un intransigeant pareil, ça tiendrait de la sorcellerie, répondit l'étudiant en lui faisant un clin d'œil. Alors, souhaites-tu que je te fasse visiter Oxford ? Ou veux-tu te reposer un peu ?

Seán ne savait que répondre. Il voulait passer du temps avec Benjamin, à vrai dire, il voulait rester seul avec lui dans la douceur de la petite chambre. Il voulait… Ses désirs lui montèrent aux joues. Se sentant rougir, il baissa les yeux et se gratta le crâne.

— Et toi ? demanda-t-il, pour détourner l'attention de Benjamin qui scrutait ses réactions avec curiosité.

— Moi ? Eh bien moi, je… Je dois t'avouer que je nous aurais bien vus passer l'après-midi ici, hasarda l'étudiant avec un peu de timidité dans la voix.

— Tu n'as pas peur que cela éveille les soupçons du tenancier si l'on reste enfermés là tous les deux ? s'inquiéta Seán.

— Oh non. Et puis, je repartirai avant le couvre-feu. Il sonne à neuf heures[75] du soir. Jusque-là, je doute que qui que ce soit remarque mon absence !

— Bien, alors… restons ici, conclut Seán en s'asseyant sur le lit.

Son regard se perdit sur les motifs floraux de la courtepointe. Benjamin l'observa un instant avant de s'approcher de la fenêtre. Celle-ci donnait sur une cour ouverte garnie d'un jardinet. La chambre était au second et dernier étage, sans vis-à-vis. Pour autant, l'étudiant hésita à tirer les rideaux de linon blanc pour leur donner un peu plus d'intimité. Rattrapé par une pensée, il se ravisa. Tirer les rideaux, se draper dans la pénombre, risquait peut-être de le faire passer pour un pudibond ou pire : un puceau.

Les deux adolescents restèrent plusieurs secondes sans parler, empêtrés entre leurs désirs et leur timidité. Pour Seán, le temps sembla se ralentir. Les battements de son cœur, en parfaite asynchronie avec l'atmosphère paisible, s'affolaient frénétiquement, lui défendant de faire le moindre geste, d'oser le moindre commentaire. Les draps du lit, le pichet d'eau, une statuette en délicat biscuit posée sur la commode, c'est toute la pièce qui scintillait de ce blanc d'innocence. Comme eux deux, si jeunes, si insouciants, avec leurs bribes d'expériences et leurs envies débordantes, leurs cœurs qui battaient vite et trop fort, et le sang bouillant dans leurs veines ; leurs mains qui brûlaient de toucher, de sentir, mais qui craignaient d'être malhabiles, et les griffes de la Morale qui les retenaient encore, les empêchant d'oser, de se lancer dans le gouffre.

Benjamin finit par prendre une initiative hardie, faute de savoir comment amener les choses de façon convenable. Existait-il une façon « convenable », d'ailleurs, de faire comprendre que l'on souhaitait en venir aux choses charnelles avec un amant ? Pas à sa connaissance, en tout cas. Enfin, non que celle-ci soit très étendue sur le sujet.

Toujours debout devant la fenêtre, il commença à se déshabiller. Lorsque Seán comprit ce qu'il était en train de faire, ses grands yeux clairs s'agrandirent comme des soucoupes à thé et Benjamin ne put retenir un rire. Une partie de sa gêne et ses doutes s'envolèrent aussitôt. Le gilet, la chemise, le pantalon, les sous-vêtements tombèrent au sol comme des morceaux de coquille d'œuf. Sa pudeur se brisait, libérant sa sensualité. Par la fenêtre à petits carreaux se déversait un flot de lumière et la peau nue de Benjamin, baignée ainsi de soleil, en devenait éclatante, presque brillante.

Seán, secoué par ce rire complice et sa propre excitation, ôta ses vêtements, lui aussi, gauchement. Sa peau était tannée par le soleil et des cicatrices sabraient par endroits ses muscles et ses membres. Sa vie de saltimbanque n'avait pas été de tout repos.

— Eh bien, comment fait-on cela ? lança Benjamin en finissant de se déshabiller.

Seán riva ses yeux sur le plafonnier lorsque son ami se plaça face à lui, nu comme un ver et les mains sur les hanches.

— Je croyais qu'à Oxford, on vous apprenait ce genre de choses ! J'en ai entendu, des choses, sur votre répugnante promiscuité de collégiens… rétorqua le jeune Irlandais pour jouer les dégourdis, alors qu'il n'en menait pas large.

— Répugnante, ah oui ? Tu ne me sembles pas si répugné ! lui répondit l'étudiant, son regard amusé posé sur l'immanquable érection de son compagnon.

Seán avait fini par se hasarder à contempler son ami et, à cette remarque, il rougit de plus belle. Pour cacher son trouble, il saisit le poignet de Benjamin, fin et souple sous ses doigts noueux, et l'attira d'un geste vif contre lui. L'étudiant bascula dans ses bras, ne retenant pas une seconde son poids. Il tomba sur lui et les deux jeunes gens se retrouvèrent étalés sur le lit, dans le désordre des draps.

Seán voulut rire de leur posture grotesque, lui sur le dos, les jambes pendantes du lit et Benjamin presque à quatre pattes se retenant sans succès de l'écraser. Oui il voulut rire, mais n'y parvint pas. Les sensations étaient trop fortes, le moment trop sensuel, trop vrai, pour s'en moquer. Il y avait la main de Benjamin appuyée sur son torse, et son ventre couché sur le sien, il y avait sa cuisse entre ses jambes ouvertes et son sexe pressé contre sa hanche. Et toute la soie de sa peau nue qui caressait la sienne comme on rentre dans l'eau chaude d'une baignoire pleine. Alors non, Seán ne put rire, il préféra perdre ses doigts dans les cheveux de Benjamin, l'attirer vers lui avec fougue pour conquérir sa bouche sans retenue aucune. Ben s'échappa de ce baiser dans un rire léger et enfouit son nez dans le creux du cou de Seán. Là, il embrassa à son tour, taquina, mordit presque, jusqu'à être saisi par les bras agiles du jeune Irlandais qui finit par l'entraîner dans une lutte amoureuse, un jeu de pouvoir naïf où les perdants n'existaient pas.

Bientôt, ils furent au centre du lit, bientôt, leurs doigts inhabiles semblèrent animés par une musique intérieure, quelque chose de profondément envoûtant. Chaque caresse était nouvelle, chaque souffle, chaque gémissement étaient les premiers, la première fois, la première douleur, le premier plaisir, l'expérience qui grave son sillon sur la surface tendre de la mémoire. Des années plus tard, Benjamin s'en souviendrait comme d'un moment de pur bonheur, d'absolue délicatesse, et de plaisir si haut, à vous donner le vertige. Mais à l'époque, il était tremblant, inquiet, ne sachant que faire de son corps et de ses désirs, découvrant tout, dans un trouble d'excitation maladroit et enfiévré.

Pour Seán, en cet instant, Benjamin était un être surréel, fascinant. Avec ses yeux brillants, ses larmes, ses murmures, sa voix. Cette voix qui glissait de ses lèvres entrouvertes, haletante, qui lui disait de continuer, de le prendre plus fort, de le posséder, de le dévorer. À quoi voulait-il échapper ? Pourquoi avait-il cette soif des abîmes, cette tragique envie d'être englouti dans un plaisir interdit ? Seán ne pouvait savoir, ni deviner, les raisons de cet abandon, de cette fièvre. Ce jeune homme était passionné jusqu'à la déraison, jusqu'à l'inconscience.

Non, il ne pouvait savoir que dans ce garçon bouillonnait le sang d'amours plus anciennes, de passions indomptées venues d'autres siècles et qui renaissaient en lui à son corps défendant. Cet héritage des cœurs libres animait son âme déjà centenaire, bien que parée des atours de l'adolescence. Et c'était un miracle ou les jeux d'un destin obstiné qui avaient permis que leurs vies se mêlent, s'enlacent et se guident au cœur de cette société incapable de les comprendre ou même de les tolérer.

Ils atteignirent l'orgasme l'un après l'autre, puis ensemble. Ils en rirent, ils s'en émurent. Ils cherchèrent du bout des doigts les sources de l'extase, jeunes explorateurs sur les terres vierges de leur propre plaisir. Ils finirent, épuisés, par rendre les armes tandis que le soleil commençait à disparaître à l'horizon et que les couleurs du soir embrasaient d'un éclat d'incendie la douceur de la petite chambre. Ils restèrent nus l'un contre l'autre, frissonnants et confiants, à échanger des aveux et des secrets, d'intimes confidences teintées d'honnêteté, tous ces petits riens d'immense importance que l'on s'offre quand la passion s'apaise. Le temps sembla s'étirer indéfiniment.

Lorsque l'on frappa à la porte, ils ne réagirent pas tout de suite. Ils ne comprirent même pas que c'était à eux que s'adressait la voix rude de l'agent de police à travers le bois de la porte. À demi rhabillés, grelottant de peur et d'émotions nouvelles, ils ne surent qu'ouvrir alors qu'on les menaçait d'enfoncer cette même porte qui leur sembla soudain une  piètre barrière pour les défendre de la brutalité du monde extérieur. Il y avait deux hommes en uniforme, il y avait le tenancier de l'auberge. On accusa, on menaça, on constata les preuves. Seán fut saisi, emporté comme un pantin sans fil. Résolu, résigné, conscient d'avoir sans doute poussé l'impertinence trop loin en osant, lui qui n'était rien, toucher un être inaccessible. Il ne lutta pas, il détourna même le regard quand, dans le couloir de l'auberge, d'autres clients l'observèrent se faire traîner menotté par les deux policiers vers la sortie.

Benjamin voulut le retenir, le sauver, l'arracher aux mains trop rudes qui n'avaient aucun droit de malmener ainsi celui qu'il aimait. Deux bras vinrent le contenir. Deux bras que les séances d'aviron au club du Merton College avaient considérablement fortifiés.

— Ben, je suis désolé, mais il le fallait… pour ton bien, lui avait dit Rupert d'une voix brisée.

1946, septembre

Benjamin chasse cette pensée. La goutte de mémoire insidieuse, tel un amer sirop, coule dans ses veines, collante et lourde, écrasant sa poitrine à l'étouffer. S'il la laisse le remplir, elle va le ronger, le détruire un peu plus. Faire son deuil n'est pas chose aisée. À ne pas vouloir admettre la mort, on peut s'empoisonner l'âme. Le Passé ne se réécrit pas ; pourtant, Benjamin ne peut s'empêcher encore et toujours de tomber dans le jeu des « si » : s'ils avaient été plus prudents, s'ils avaient été moins confiants, moins inconscients, moins jeunes peut-être, moins amoureux...

Rupert, affecté lui aussi par cette brume de regrets qui imprègne l'air au point de le rendre putride, s'exclame soudain :

— Ce n'est pas moi qui pilotais cet avion.

Benjamin relève les yeux. La rancœur lui brûle les tripes, et pourtant, étrangement, lorsqu'il répond, après plusieurs secondes de silence, c'est d'un ton presque indifférent.

— Encore heureux. Si cela avait été toi... Si cela avait été toi, en plus... Je t'aurais égorgé ici même. J'ai rêvé tant de fois de cette journée, tu ne peux pas savoir. De ce que j'aurais dû te dire, de ce que j'aurais dû faire pour t'empêcher d'aller nous dénoncer. Je me suis demandé mille fois ce qu'il t'était passé par la tête. Comment as-tu pu...

— Nous étions si jeunes. Moi. Moi, j'étais jeune, je ne savais pas. Je ne mesurais pas les conséquences. Je croyais te sauver, je ne pensais pas...

— Ah ça non, tu ne pensais pas. Tu l'as condamné. Tu nous as condamnés. Sans toi, il serait à mes côtés.

— Il y a eu la guerre. Qui aurait pu prévoir cela ! Je ne pouvais pas savoir qu'il allait s'engager.

Benjamin pousse un souffle sec entre ses dents. La déclaration de guerre, la bonne excuse, l'excuse pour tout. À peine un mois après cette fichue déclaration de guerre, lui-même avait arrêté ses études et voulu intégrer l'armée. Mais un étudiant en médecine, surtout avec un nom comme le sien, on ne l'envoie pas se faire massacrer sur le front. Ben avait cru trouver là un moyen d'aller retrouver Seán. Lui qui avait rejoint la R.A.F en tant qu'opérateur de prise de vue, l'un de ces pauvres types que l'on envoyait en mission de repérage au-dessus de l'Allemagne, des Pays-Bas, de la Belgique pour photographier les cibles à bombarder. En plein jour à basse altitude, survoler les territoires ennemis, une merveilleuse idée en somme pour à coup sûr se faire abattre.

— Et pourquoi s'est-il engagé à ton avis ? Par patriotisme ? crache Benjamin.

Rupert détourne le regard. Y a-t-il réfléchi ? S'est-il dit à l'époque qu'il était surprenant qu'un jeune Irlandais plus poète que guerrier décide de rejoindre l'armée, spontanément, parce que l'Angleterre était en danger ? Il est plus probable que Rupert n'en ait rien su. Benjamin et lui ne se sont plus adressé la parole durant neuf ans. La seule qui se soit tenue informée du destin de Seán chez les McMuir, c'était Violet, et elle-même n'a que très peu communiqué avec sa famille à la suite de son incorporation. La règle tacite côté Taylor comme côté McMuir avait été d'effacer toutes traces du vil parasite venu corrompre le fils et futur gendre. La grande idée, le plan de bataille était de reprendre leurs projets et leurs vies comme si de rien n'était : raté, sur toute la ligne.

Benjamin ravale sa rancune, il s'accroche à une attitude neutre. Il cherche à se détacher émotionnellement de cette conversation. Mais lorsqu'il répond lui-même à sa propre question, il comprend qu'il ne va pas y parvenir.

— Si tu veux savoir, c'était pour sortir de prison. Il y a passé presque deux ans à cause de toi, à cause de ce que tu as été raconter. Il n'a pas eu le choix, c'était cela ou encore six années d'enfermement. Lui ! Lui qui était libre, sans attache. Autant le tuer. Il voulait rapidement regagner son honneur et sa liberté. Il pensait que cette guerre ne durerait pas. Il y a cru, comme nous tous. Voilà pourquoi il s'est engagé.

Devant l'air contrit de Rupert qui n'ose plus rien dire, Benjamin repense au procès expéditif[76], à la décision de Seán de porter l'entière responsabilité de leurs actes, aux rumeurs que Taylor père avait fait étouffer, à ses fiançailles avec Violet annulées malgré tout, aux premiers mois d'incarcération de son amant, aux visites qu'il avait obtenues et surtout à leurs lettres, à toutes leurs lettres. Ils s'étaient tout dit, ils avaient tout partagé avec ces lettres. Ben peut jurer qu'ils se sont connus par les mots bien mieux que la plupart des fiancés, bien mieux encore que nombre de couples mariés. Presque quotidiennes, les lettres furent des centaines, si nombreuses que, devant cette quantité, il lui semble être face à un gouffre, un vide. Elles sont le symbole de l'absence, du manque de l'autre. Des lettres, de simples lettres qui avaient été ses seules lectures. Des lettres qu'il connaît par cœur, si intenses et si pures, sensuelles à vous brûler l'âme. Des mots qui racontent leur amour, leur passion.

Grâce à l'entremise de gardiens complaisants qui faisaient passer les courriers sous le manteau, il y avait eu celles écrites en prison, puis celles échangées durant son incorporation, le temps qu'il soit entraîné, conditionné. Et enfin, les dernières, les plus désespérées, celles qu'ils se sont envoyées entre chaque mission, entre chaque bombardement, celles qui disaient : « Je suis en vie ! Je suis toujours en vie et je t'aime passionnément. » Si peu de temps pour vivre leur passion. Le temps, il fut pour eux relatif à bien des égards, trop court ou trop long, immaîtrisable. Benjamin se demande comment le temps a marqué Seán. Il se demande si le temps a eu l'occasion de marquer Seán.

Son avion a été abattu le 7 août 1942 au-dessus de la Belgique. Benjamin a reçu sa dernière lettre quatre jours plus tard, en même temps que l'annonce de sa disparition. Au dos de cette lettre, il y avait une strophe en français : « *Et moi qui ai rêvé d'être en toi immortel, en songe mon aimé je nous vois éternels.* »

Cette lettre et ces quelques mots au romantisme désuet veillent sur lui depuis lors. Benjamin baisse les yeux et déglutit. Il vient de repenser au sourire de Seán lorsque celui-ci lui avait montré, pour la première fois, le recueil de poèmes du mystérieux E. Trommer dans le salon de thé d'Oxford. Son magnifique sourire et son regard si clair. Depuis le crash, le temps s'écoule autour de Benjamin, et lui reste figé dans une attente interminable. Son cœur se contracte. Il se tourne vers la fenêtre, le soleil s'efface dans des nuances de brasier, mauve, rouge, orange, les toits étincellent, les maisons s'allument. C'est le soir qui descend irrémédiablement sur Londres.

Et s'il l'attendait encore ? Se pourrait-il que, malgré les épreuves, aveuglés au milieu de la brume épaisse de l'Histoire, ils soient toujours indéfectiblement tournés l'un vers l'autre ? Benjamin garde les yeux fixés sur l'horizon de la ville, la mâchoire crispée. Et si Seán était encore en vie ? Il ne veut pas répondre à cette question. Il ne sait comment résoudre cette énigme qui lui vrille le cœur. Il a lui-même interrogé tellement de gens, pour à chaque fois ne recevoir que du dédain. Se demander encore ? Y croire encore ? Et si c'était pour une énième cruelle déception, une énième souffrance. *Nous ne savons pas, son corps n'a pas été retrouvé, son nom n'apparaît pas dans les listes de prisonniers, il y a trop d'homonymes, il a peut-être été pris par les Russes, ou déporté, torturé, assassiné.* Rien que de s'entendre dire cela. D'envisager...

Il revoit Seán, cet après-midi-là, ses mains tremblantes de désir parcourant sa peau nue, son souffle contre sa nuque, son âme ardente, la vie violente s'éveillant à chaque respiration de son corps. Et à présent, l'imaginer glacé, meurtri, masse de chair morte dans l'humide obscurité d'un cachot anonyme quelque part en Allemagne, en Pologne, plus loin encore. Benjamin ne veut pas s'y résoudre. Il ne peut pas car, en lui, l'écho d'un cœur bien vivant résonne toujours. Il le sait, il le sent, c'est la moitié du sien s'obstinant à battre au loin. C'est cet espoir, c'est cette promesse : « Je te retrouverai. » Ils se l'étaient dit. Ils étaient si jeunes.

Rupert a fait un pas vers lui. Il va pour poser sa main sur son épaule. Le jeune médecin s'écarte par réflexe. Rupert inspire lentement. Sa voix a quelque chose d'étrangement solennel lorsqu'il dit :

— Benjamin. Il est là.

Le silence accueille ces trois mots dont le sens ne parvient pas à atteindre l'esprit tourmenté de Ben. Ils affleurent simplement sa conscience comme une ponctuation dans le chaos de ses pensées. Il se détourne à regret de la fenêtre pour mieux se concentrer sur son ancien ami.

— Pardon, qui ? demande-t-il, perdu.

— Seán Reilly.

Le silence se pulvérise. Trois syllabes frappent à la porte de son âme, défoncent cette porte, elle vole en éclats. Il écarquille les yeux, tout son corps se contracte pour encaisser le coup à venir.

— Non, non... c'est impossible, balbutie-t-il.

Rupert est livide. On pourrait croire qu'il lit un arrêt de mort. Il tente de s'expliquer.

— Nous nous sommes croisés en gare de King's Cross, il cherchait à te retrouver, il n'avait pas l'adresse du dispensaire. Au début, je voulais... j'ai pensé... lui mentir, lui dire que... je ne sais pas... que tu étais mort, peut-être. Je n'ai pas pu. Je lui ai dit de me suivre.

— Qu'est-ce que tu racontes ? À quoi joues-tu ? Arrête ça !

Mais Rupert n'arrête pas, il se confesse dans un flot de phrases courtes, décousues, orphelines.

— Je lui ai dit... que tu ne voulais sans doute plus le voir... que tu étais peut-être marié... que tu ne donnais plus de nouvelles... qu'il ne fallait pas qu'il s'attende à... Je ne savais pas... J'ai cru... Il est en bas. Je lui ai dit que j'allais voir si tu voulais... si tu étais disposé à le recevoir. Ben, il est en bas. Il t'attend.

Sur le visage du jeune médecin se lit un espoir si intense que Rupert craint de le voir s'effondrer. Il s'avance vers lui, prêt à le retenir. Mais le corps de Benjamin s'éveille dans une décharge nerveuse. Son souffle est saccadé, haletant. Il tremble. Il s'élance. Il bouscule Rupert au passage. Il ne se laisse pas le temps de réfléchir. Il ne donne aucune place au doute. Un infime espoir, c'est ce qu'ils avaient dit : un infime espoir que Seán soit vivant, qu'on le retrouve, qu'il lui revienne. Cet espoir, Mon Dieu, il n'avait jamais pu se l'arracher du corps ! Si tout ceci est un mensonge, une illusion de son âme perdue : trop tard, il s'y risque, il s'y jette, et tant pis si cela finit de le précipiter dans le gouffre de la folie. Si ce n'est qu'un rêve, alors que sa raison s'y fracasse et y demeure à tout jamais.

Benjamin se précipite vers la porte de son bureau. Il dégringole d'une traite la volée de marches vers le rez-de-chaussée, ensuite, il y a encore un couloir à parcourir. Un long couloir de lambris en bois sombre, un vrai corridor de tribunal, et au bout, une éblouissante lumière qui vient du hall d'entrée. Les derniers rayons du soleil doivent y finir leur course de feu. Il la voit, là-bas, cette lumière. Seán. C'est là qu'il doit l'attendre. C'est là qu'il doit être. Lui qui ne sait même pas s'il sera bien accueilli après ces années de silence. Que sont ces quelques mètres face à une décennie d'attente ? Qu'elle semble loin cette lumière, et si proche pourtant. Elle lui fait presque peur soudain, avec ses tons de cramoisi baignant le hall froid comme une marée de sang. La rejoindre vraiment ? Il a peur. Il est terrifié. Il s'arrête. Il reprend son souffle. Il se raccroche à son espoir. Il faut qu'il sache ! Tant pis pour la déception, tant pis pour la souffrance, il court soudain jusqu'au bout du couloir, jusqu'à la lumière. Mais une fois qu'il l'a atteinte, une fois que ses pieds touchent enfin les carreaux du hall teintés de la rubescence du crépuscule, alors, elle le happe, l'engloutit. Benjamin reste figé, il n'ose pas bouger, il ne peut pas bouger. Le rêve est trop réel.

Seán. Il est là. C'est bien Lui. Si beau dans cette lumière du soir qu'il ressemble à un dieu guerrier. Sa silhouette a toujours cette grâce virile, ce charme inné qui lui faisait dire en riant qu'il aurait eu une carrière toute trouvée dans le cinéma. Avec l'uniforme, sa taille fine et ses épaules se dessinent nettement sous le raide tissu bleu sombre. Ses cheveux sont coupés plus court, domptés et ramenés en arrière, accentuant les lignes nettes de son front, de sa mâchoire, de son cou. Il a tourné son regard vers la porte vitrée de l'entrée et ses yeux vert opalescent semblent se perdre loin à l'intérieur de lui-même. C'est Lui. Vivant. Après cette guerre, après les pluies de bombes. Seán, miraculeusement vivant. Seán qui se tourne vers le jeune médecin au bruit de son arrivée, ou peut-être au sanglot que Benjamin laisse échapper avant de plaquer ses paumes sur sa bouche. Un réflexe, pour s'empêcher de hurler.

Ils avaient dit qu'il était mort. Ils avaient dit d'arrêter d'écrire, d'arrêter d'espérer. Benjamin se met à trembler violemment et les larmes qu'il ne pleurait plus depuis des mois emplissent en un instant ses yeux. Son corps, traître, réagit à cette trop grande joie comme il le ferait face à une absolue détresse.

Seán semble lui aussi sonné. Benjamin. Enfin. Son espoir, son unique et fondamental espoir, vivant, devant lui. Incarnation de ses rêves ou de ses souvenirs. Ses cris de rage résonnent encore à ses oreilles. Ceux de ce jeune homme d'à peine dix-sept ans, d'une beauté à se damner dont il était tombé fou amoureux, il y a neuf ans, il y a mille ans. Leur destin tourmenté se joue en avalanche sur le grand écran de sa mémoire. Ce matin de novembre 1937, où on l'avait arraché à son amour, à son adolescence et à son existence. Il revoit les hommes en uniformes, des policiers, comme pour arrêter un meurtrier, ceux qui ont brisé froidement, sans remords, leurs deux vies. Il se souvient de l'ombre de Rupert, celui qui les a dénoncés, celui qui a contenu la fureur de l'étudiant, qui l'a empêché de se compromettre davantage.

La prison, puis l'armée, l'enfermement pendant des années et le pari d'une guerre qui aurait dû être courte. *Aurait dû.* Pourtant, Seán n'a cessé de croire en sa bonne étoile, en cette dame Fortune qui veillait sur lui depuis toujours. C'est elle, cette chance inouïe, qui lui a sauvé la vie lorsque, à peine conscient, il était parvenu à ouvrir son parachute avant de s'écraser. Elle qui avait guidé ses pas en plein territoire occupé, lui avait évité chaque embuscade, chaque tir ennemi. Elle encore qui l'avait porté dans ce hameau français, refuge de résistants où il avait pu se cacher, se rendre utile, apporter son aide.

Comment avait-il pu s'en sortir indemne ? Il n'est pas bien sûr d'avoir la réponse. La chance ? Oui, et un espoir immense. L'espoir qu'au bout de la route, il retrouverait Benjamin, qu'ils reprendraient leur vie. Ils recommenceraient à vivre. Lui qui, depuis quatre ans, n'a fait que survivre avec pour seul rêve de le revoir, de l'avoir dans ses bras, au creux de lui. Rupert avait dit, avait suggéré, qu'il ne serait pas le bienvenu, que peut-être la vie, la normalité, les convenances, avaient rattrapé son amant du passé. Il lui avait conseillé d'attendre, d'être patient, de se résigner, de rester dans ce hall impersonnel à guetter la sentence du temps qui passe et qui détruit les amours adolescents. Mais déjà, être là, enfin, arriver à bon port, même si c'est pour essuyer un refus, est un miracle en soi. Lui qui, depuis deux semaines, parcourt la capitale britannique, ne trouvant que des ruines, des visages navrés.

On ne savait pas. On n'était pas sûr. Un Docteur Taylor ? Oui, peut-être, allez voir là-bas. Mais « là-bas », il n'y avait rien. Rien que d'autres visages de blessés dignes et de tristesse tue, à l'heure où le monde se réjouit de la fin de la guerre. Cette paix, tant espérée et arrachée, enfin, après de longs mois, des années de conflits. Cette paix qui lui est rendue comme lui est rendu Benjamin, en cet instant irréel.

Benjamin. Vivant, impossiblement pareil à celui qu'il a quitté. Non pas physiquement, il a mûri. Il le voit à ses épaules, à son visage, à toutes ses courbes qui se sont muées en lignes fermes, ces rondeurs d'adolescence en traits de maturité. Non, c'est dans ses yeux. Son regard est le même, sa manière de le regarder, de le voir lui, la façon dont le bleu se noie de larmes, la façon dont ses joues rougissent d'émotion. Il sait que Benjamin ne l'a pas oublié. Benjamin, son amour… Il y a neuf longues années qu'il ne l'a pas tenu dans ses bras.

Le souffle coupé, Seán laisse quatre secondes s'écouler avant de pouvoir faire un pas, puis un deuxième, ses jambes acceptant enfin de lui obéir, répondant davantage à son instinct qu'à sa raison. Celle-ci est trop choquée pour s'inquiéter de ce hall ouvert, de ces fenêtres donnant sur la rue, de ces couloirs où l'on peut passer et risquer de les voir. Un autre pas, puis un élan, il le prend enfin dans ses bras.

Ce pourrait être une simple embrassade. Après tout, ils ressemblent à deux camarades qui se retrouvent, rien de plus innocent dans une époque faite de séparations et de retrouvailles. Mais il faudrait être aveugle pour ne pas voir, pour ne pas comprendre, à la manière dont ils s'enlacent que dans le seul bruit de leurs respirations, il y a des pages de promesses d'amour.

Benjamin se sent empli d'une bouffée de fièvre. Épuisé soudain, consumé par l'émotion. Il pose son front brûlant au creux du cou de Seán. La peau de son amant, laissée découverte par le col d'uniforme entrouvert, y est plus fraîche. Il respire lentement, profitant de l'instant, s'emplissant de son odeur, de Lui. Seán. Il est là, vivant. Le jeune médecin ferme les yeux, comme hypnotisé par cette chaste étreinte qui dit tellement plus qu'elle ne laisse voir. Les mains de Seán, dont il a rêvé mille fois la caresse, le parcourent de sa taille à ses hanches, du creux de ses reins à sa nuque. Elles sont telles qu'il s'en souvient, gracieuses et belles, possessives, aimantes. Elles semblent vouloir le réapprendre. Se laissant faire, les yeux clos, il pose ses deux mains sur la poitrine du soldat. Son cœur bat si fort !

Toute cette vie, ce sang qui court, là, sous la peau. Son souffle, il le perçoit, tiède et réconfortant, avant de sentir ses lèvres se poser sur son front. Un baiser léger, presque révérencieux. Il y a du sacré dans cet instant. Un silence, un calme affectueux. Ils sont réunis. Enfin.

Ils ouvrent tous deux doucement les yeux. Un léger bruit derrière eux les fait revenir brutalement à la réalité. Ils se séparent instantanément. Mû par un mouvement réflexe, Benjamin se place entre Seán et l'intrus. Cet intrus, c'est Rupert. Cela a peut-être toujours été lui, brandissant en juge la faux du destin. Rupert qui, dans l'ombre du couloir, a assisté à leur étreinte, à ce baiser confondant de pureté et contenant pourtant en lui seul toute la passion du monde.

Benjamin se compose une contenance, tant bien que mal. Il sent son cœur qui frappe à se rompre dans sa poitrine. La pensée qu'on lui enlève à nouveau l'homme qu'il aime le terrifie. Il se retourne vivement vers Seán. Dans les yeux de celui-ci, il y a un éclat particulier, quelque chose qui paraît être de la rage, de la frustration, un instinct de fauve acculé. Et Benjamin comprend. Cette peur de s'aimer au grand jour, absurde et cruelle, les a dévorés tous les deux. Seán, qui a connu les pays en guerre, la désolation et les massacres, ne peut plus admettre que quelque chose d'aussi futile que la bonne morale vienne les empêcher de s'aimer. Il est prêt à se battre pour cela, à en mourir s'il le faut, et Benjamin sait que cette fois, il sera à ses côtés. Quoi qu'il arrive. Le reste n'a plus d'importance. Ils sont là, ils sont vivants, ils sont réunis. Ils peuvent se reconstruire. Ils peuvent reprendre le cours de leurs vies. Cette pensée est un choc électrique.

Pour eux, enfin, le temps bascule.

1946, septembre

Benjamin avait saisi la main de Seán, fermement. Il releva le menton, la mâchoire serrée. Ses yeux, ce regard que l'on disait si prompt à dompter et à désarmer, ce bleu profond qu'il tenait d'ancêtres au passé d'aventure, il le planta dans celui de Rupert. Les deux anciens amis d'enfance se soupesèrent. Leur combat muet fut bref, définitif, les souvenirs se heurtèrent au présent, les convenances théoriques à la réalité éclatante, la morale de glace aux cœurs embrasés. Rupert se pinça les lèvres dans un sourire résigné. Il brisa le duel, détourna les yeux, marcha jusqu'à la porte d'entrée qu'il ouvrit sans un mot. Au moment de sortir, il jeta un dernier regard au couple indéniable qu'il avait pourtant brisé par ignorance. Seán le salua d'un léger mouvement de tête. Benjamin le regarda simplement partir, le visage tendu. La lourde porte se referma sur les deux amants, les laissant sans voix et sans souffle dans le froid du hall carrelé.

Benjamin gardait encore la main de Seán au creux de la sienne. Il ne voulait pas que leur passion s'exprime crûment dans ce lieu de passage. Il voulait se réfugier dans la grotte la plus cachée, dans la forêt la plus profonde et garder pour eux seuls la beauté de leurs retrouvailles. Il guida Seán dans le long couloir, dans l'escalier vers l'étage. Il l'amena dans le bureau du directeur, dans son bureau, celui que son père avait orné de diplômes, de la fierté de cette famille qui ne voulait pas d'un amour comme le leur. Il ferma la porte à clé.

Enfin, dans cette tanière de solitude qu'il hantait depuis quatre ans, il attira Seán à lui par les revers de sa veste. Il sentit les mains de son amant le saisir à la taille comme pour l'ancrer à son corps. Seán le plaqua avec fougue contre la porte. Le bruit sourd que fit son crâne quand il cogna sur le bois ne fit rien pour diminuer l'emballement de son cœur. Il empoigna Seán par les cheveux et clama sa bouche, fiévreusement. Ils s'embrassèrent, ils se dévorèrent.

Ce qui s'exprimait en cet instant était une rage à s'aimer, un raz-de-marée sur les ruines de la bienséance. Ni la peur, la raison, ni la Morale n'avait plus de prise sur eux. Presque violentes, avides, leurs lèvres se rencontrèrent dans un baiser fauve qui n'avait rien de tendre. Il était baigné de larmes, mêlé de sanglots. Il était cru et sauvage. Du pur désir pour deux êtres qui en avaient été privés pendant si longtemps. Ils se noyaient l'un dans l'autre et se sauvaient tour à tour. Ils avaient envie, besoin, désespérément faim l'un de l'autre. Ils avaient tant souffert de cette passion amputée, de cette carence de plaisir. Leurs souffles se ponctuaient de gémissements. L'air autour d'eux semblait s'être teinté d'or. Le soleil venait de mourir à l'horizon des toits de Londres. Il ne restait qu'un éclat, qui vint les envelopper.

Quand il disparut à son tour, les deux anciens amants reprirent leurs esprits. Ils n'avaient pas encore échangé un seul mot. Mais cet instant n'avait pas besoin de mots, ils n'avaient pas leur place ; trop fades, pas assez expressifs.

À l'étage, les infirmières passaient un disque. Benjamin reconnut les paroles étouffées de *Guilty*[77], la célèbre chanson d'amour que l'on entendait partout. *Is it a sin, is it a crime, loving you, dear, like I do* [78] ? Il faillit rire du hasard qui mettait ces paroles si justes en fond sonore de leurs ébats condamnables. Mais l'instant n'était pas au rire, ou alors à un rire fiévreux, cathartique. Seán stoppa leur baiser soudainement, son regard de chat avait mûri en un regard de tigre. Dans ces yeux, Benjamin vit un monde en flamme, un désespoir immense et des milliers de nuits sans sommeil. Il savait que ses propres yeux portaient les mêmes images. Ils s'observèrent quelques secondes, haletants, attendant la détonation, le déchirement qui les ramènerait à la réalité, qui briserait ce moment trop éblouissant pour n'être autre chose qu'un rêve. Rien ne vint. Benjamin avala sa salive, le visage de Seán était une question, une supplique qu'il devina immédiatement, car elle répondait à la sienne.

Seán posa sa paume sur son torse. Benjamin sentit son pouls s'accélérer, son cœur cogner contre sa poitrine avec force, comme pour chercher à rejoindre cette chaleur qui lui avait tant manqué. D'un léger signe de tête, il donna sa réponse muette. *Oui. Oui, prends-moi, conquiers-moi, arrache-nous à ce cauchemar où l'on nous a injustement enfermés toutes ces années.* Ce fut là leur coup de tonnerre. Seán le retourna contre la porte, défit leurs ceintures, libéra leurs ardeurs. La précipitation rendait ses gestes maladroits, il voulait tout à la fois caresser son amant, chercher ses lèvres, lui mordre la nuque, prendre possession de son corps autant que de son esprit. Ses mains étaient rugueuses, puissantes, manquant de finesse, elles avaient oublié la tendresse, là-bas, sur les plaines désolées par la guerre. Elles parcoururent la peau découverte, tremblant d'une passion avide. Ses mains, ses mains trop rudes qu'il ne contrôlait plus, agrippèrent les hanches nues de Benjamin qui crispa ses poings contre la porte. L'anticipation, l'affolement de ses sens lui avaient ôté toute retenue. Leurs corps avaient tant changé, tout était nouveau, pétri d'une vigueur nouvelle, ils étaient des hommes, à présent.

Benjamin se laissa contraindre, se laissa posséder. Lui ne réclamait rien tant que de sentir cette violence, cette fureur de sentiments qui les consumait jusqu'au cœur.  C'était une frénésie, une soif, un emportement inéluctable. Leurs souffles devinrent des plaintes, leurs baisers des sanglots. Un embrasement d'émotions si violentes et si entremêlées que la frontière entre douleur et plaisir n'existait plus. Les soupirs surgirent à chaque caresse, les gémissements à chaque élan. Ils se cherchèrent, réapprirent la jouissance, l'abandon, l'instant. Ils surent instinctivement dessiner l'amour dans son expression la plus élémentaire, belle à vous faire pleurer. Pourtant, dans cette Angleterre pudibonde, on ne trouvait pas beaux deux hommes qui s'étreignent. Pourtant, sous ces lois intolérantes, on condamnait ceux qui s'y risquaient.

Ils atteignirent ensemble l'extase comme on succombe à un coup de feu, dans un même cri, dans un même souffle, dans un même épuisement. Ils restèrent longtemps enlacés, debout et tremblants contre la porte. Après, l'ivresse calmée, Seán ne put retenir ses larmes. Il pleura ainsi longuement, niché au creux de ce jeune homme qui venait de lui rendre son cœur, sa vie même. Ils avaient survécu, ils s'étaient retrouvés. L'éternité était là, réelle, incarnée dans cet amour incandescent que même une guerre n'avait pas su éteindre.

Ils se désunirent dans un soupir, maladroits et fébriles, encore. Benjamin se retourna, s'appuya le dos contre la porte. Il était exténué, engourdi et magnifiquement heureux. Son regard se noya dans celui de Seán, lac aux eaux changeantes, miroir d'une âme enfin apaisée. Il lui caressa lentement la joue, et sentit le picotement d'un peu de barbe sous ses doigts. Il s'émut de ce détail d'intimité. Seán lui prit la main et en embrassa la paume. Ils échangèrent un sourire dans lequel ils retrouvèrent la complicité qui les avait immédiatement unis dans la foule d'une fête foraine quelque part dans la banlieue de Londres. Le temps s'était écoulé, les années de solitude et ce jour de retrouvailles, jours longs et minutes foudroyantes fondus dans un même passé, une même mémoire. À présent, dans le bureau tapissé de l'orgueil familial des Taylor, une profonde obscurité s'était installée. La nuit était enfin là. Les deux amants s'enlacèrent, tendrement. Ils savaient tous deux de quoi serait faite cette nuit. Une nuit, discrète et protectrice, pour les cacher du monde. Une nuit pour panser leurs âmes et se redécouvrir. Une nuit comme une immense inspiration avant des centaines de jours de soleil.

***

Au sol, témoin de la violence d'une étreinte attendue des années durant, gît un cadre brisé. Le feuillet d'une lettre s'en échappe et avec lui les mots longtemps enfermés retrouvent leur liberté.

« *Benjamin, je t'aime.*

Ce soir, j'ai envie de te le dire. De te l'écrire surtout. J'ai envie de l'écrire sur ta peau. Qu'en penses-tu ? Où voudrais-tu avoir cette déclaration inscrite à tout jamais ? Sur ton épaule ? Sur ton cœur ? Tu vas encore me traiter d'incurable romantique. Sur une de tes fesses, alors ! Je suis sûr que tu es en train de rire et je crois bien que tu rougis en lisant ça. Je veux te faire rire. Je veux te faire rougir. Je t'aime. Je t'aime et je vais mourir. Ce soir, je sens que ça grouille en moi, ça grignote mes tripes. C'est cette fichue peur. La Mort. Je la sens et c'est pour bientôt, c'est pour dans une heure peut-être. Tu m'écris de ne pas penser à ça, mais c'est plus fort que moi. Les gars ici font tout ce qu'ils peuvent pour s'empêcher d'y penser, sinon ils crèveraient de trouille. Ça boit, ça joue, ça baise. Oui, ça baise, et pas que des filles, tu peux me croire. Moi, je n'ai pas le cœur à ça. Moi, je voudrais que tu sois là. Je voudrais te posséder, je voudrais entrer en toi, profondément, tout entier. Je voudrais devenir ton sang, devenir ta chair, être le frisson qui cambre ton dos, être la jouissance qui t'arrache un cri. Je pourrais me noyer dans tes veines, je pourrais me cacher en toi, disparaître en toi. Je serais sauvé alors. Je serais immortel. Je serais en vie à chacun des battements de ton cœur, à chacun de tes gémissements. Benjamin, je t'aime. Je voudrais que tu sois là. Non. Je ne veux pas que tu sois là. Je t'aime trop pour ça. Je veux que tu restes loin de tout ça. Je voudrais avoir le droit de te donner encore une fois du plaisir, je voudrais avoir le droit de t'entendre gémir mon nom. Je veux... Je ne sais plus ce que je désire... à part tes lèvres, à part ta peau, à part Toi. Je sais que nous nous reverrons. Dans un mois, dans un an, dans dix ans, nous nous retrouverons. Tu m'as écrit qu'aimer, c'était être égoïste. Je le suis. Je voudrais que tu m'attendes, je voudrais que tu croies en moi, que tu gardes espoir. Mais dans un monde aussi sinistre, c'est peut-être trop demander. Pourtant, je me raccroche à l'idée que mon amour pour toi n'est pas limité par le temps et l'espace. Il n'est même pas limité par mon existence. Je suis et je t'aime tant que tu seras et que tu m'aimeras.

À toi pour l'éternité. S.R »

Remerciements

Se plonger dans l'Angleterre des années 30-40, c'est un saut dans le grand bain de l'Histoire, un flot d'archives, de thèses, de romans, de mémoires, de documentaires. Plus que pour mes précédents romans, *Londres, 1946* m'a amenée à compulser des dizaines de documents, et à me retrouver parfois engloutie. Pour m'aider à faire le tri et m'aiguiller vers les sources les plus pertinentes, j'ai pu compter sur de brillants pisteurs que je voudrais ici remercier :

- l'équipe de bibliothécaires bénévoles du Centre LGBT Paris–IdF, toujours aussi efficace pour dénicher les perles rares.

- les libraires enthousiastes de Gay's the World Bookshop, ainsi que la libraire de l'Imperial War Museum à Londres, ravis de me conseiller sur ce sujet pointu malgré mon anglais parfois outrageusement francisé.

- Mme Eloise Galliard, chargée de collections au Musée des arts forains (Paris), ainsi que Max, conférencier virtuose, qui ont eu la gentillesse de m'ouvrir les passages dérobés de ce beau musée pour m'amener au plus près de l'ambiance des fêtes foraines des temps passés.

La structure de cette narration entre passé et présent m'a demandé une attention toute particulière, le récit a été pensé comme une dentelle de dits et non-dits. Un travail de longue haleine, où, ma chère Hermine, tu as encore une fois été là pour soutenir, corriger, décortiquer, soigner chaque paragraphe. Bon sang, mais que ferais-je sans toi ! Merci !

Violette, tu sais bien qu'il y a un peu de toi dans le personnage qui porte ce nom, j'en ai fait une Rochambelle, car je suis sûre que dans une autre vie, tu aurais été volontaire pour faire partie de cette équipe d'aventurières ! Merci pour ton soutien.

Yoochi Kadono, vous m'avez suivie dans cette nouvelle aventure, et quand je vois la beauté et l'intensité de cette couverture, je ne peux que piaffer d'impatience de découvrir vos prochaines créations, merci infiniment.

Yaya Chang, tu m'as raconté que cette période historique te plaisait et t'inspirait particulièrement. Eh bien, c'est le moins que l'on puisse dire ! Pour cet énorme travail d'illustration, tu as fait des merveilles, merci !

Merci aux éditions Haro pour l'accueil chaleureux et bienveillant qu'a reçu mon projet.

Et enfin, c'est grâce à vous que la saga continue, vous les amis et amies présents contre vents et marées, les copines du fandom toujours aussi unies après 10 ans, et vous chères et chers lectrices et lecteurs, vos attentions, vos petits mots, vos sachets de thé et votre enthousiasme, j'en ai eu bien besoin et vous avez été là pour me les offrir : merci mille fois !

1937

Petite bibliographie pour continuer la balade

Londres, l'Angleterre et l'histoire des LGBT :

TAMAGNE, Florence. *Histoire de l'homosexualité en Europe, Berlin, Londres, Paris, 1919-1939.* 1re édition. Paris : éditions du Seuil, 2000, 692 p.

ACKROYD, Peter. *Queer city, l'homosexualité à Londres, des Romains à nos jours.* Traduction française. Paris : éditions Philippe Rey, 2018, 316 p.

SMITH, Helen. *Masculinity, Class and Same-Sex Desire in Industrial England, 1895-1957.* 1re édition. Grande-Bretagne : Palgrave MacMillan éditions, 2015, 244 p.

Des témoignages, des mémoires, et des fictions en partie autobiographiques :

WAUGH, Evelyn. *Retour à Brideshead.* Traduction française. Paris : éditions Robert Laffont 10/18, 1980, 434 p.

EADE, Philip. *Evelyn Waugh, A Life Revisited.* 1re édition. Londres : Weidenfeld & Nicolson éditions, 2016, 403 p.

FORSTER, E.M. *Maurice.* Ré-édition. New York : W.W. Norton & Compagny, 2006, 256 p.

MITCHELL, Charles J-H. *Another Country* (pièce de théâtre). 1981. Adaptation cinématographique par Marek Kanievska, 1984. Colin Firth et Rupert Everett dans les rôles principaux.

La Seconde Guerre mondiale sous le prisme de l'homosexualité :

BOURNE, Stephen. *Fighting Proud, the untold story of the gay men who served in two World Wars.* 2e édition. Londres : édition Bloomsbury, 2019, 236 p.

VICKERS, Emma. *Queen and country, Same-sex desire in the British armed forces 1939-1945.* Manchester : Manchester University Press, 2015, 220p.

Détour par la belle cité d'Oxford :

BROCKLISS, Laurence. *The University of Oxford, A Brief History.* 1re édition. Oxford : Bodleian library éditions, 2019, 144 p.

COOKE, Barbara. *Evelyn Waugh's Oxford, 1922-1966.* 1re édition. Oxford : Bodleian library éditions, 2019, 174 p.

Notes de fin

1   Traduction : « Perty n'aime pas faire la fête », jouant sur la ressemblance sonore entre le diminutif *Perty* et le mot *party* signifiant « fête » en anglais.

2   Les années 30 vivent sur une poudrière. En 1929 a lieu le grand krach boursier qui va plonger le monde dans la crise économique, et en 1933, Hitler devient Chancelier. Les crispations sociales se multiplient.

3   Le *bags* ou pantalons bouffants serrés aux chevilles, qu'en France nous associons à la figure du jeune reporter Tintin, est une mode qui vient, dit-on, d'Oxford et de ses étudiants férus de nouveautés. Ils se fournissent chez Hall Brothers, la crème de la mode oxonienne.

4   *Sheperd's Bush* est un quartier situé à l'ouest de Londres ; longtemps très rural, il se développe au début du XXe siècle avec l'arrivée du métro et l'implantation des studios Gaumont en 1915.

5   La *gentry* = terme employé pour désigner en Grande-Bretagne la noblesse sans titre, qui peut avoir par exemple un noble lignage mais venant de l'une des branches cadettes de la famille ou être propriétaire d'un domaine que l'on fait exploiter par d'autres.

6   En 1937, le cinéma parlant s'est imposé depuis dix ans déjà dans le monde entier, mais Charlie Chaplin, fervent défenseur du muet, continue de produire ses films sans paroles. Et ça marche ! Son chef-d'œuvre *Les Temps modernes* est un succès en 1936.

7   Après leurs années en *public schools* (les internats pour les enfants de 8 à 16 ans), les jeunes Britanniques vont aux *colleges*, des établissements d'études supérieures. Les plus célèbres regroupements de *colleges* sont les universités d'Oxford, de Cambridge et d'Eton.

8   La fameuse *Dreamland FunFair* de Margate était très courue par les Londoniens venant en vacances dans les villas balnéaires situées sur cette côte ensoleillée du Kent. On y trouvait des attractions aux noms évocateurs comme le manège rapide *Kiss Me Quick Caterpillar.*

9   S'il n'est pas autant critiqué que le communisme, le parti socialiste, ou *Labour,* en Grande-Bretagne, essuie les foudres de la classe

sociale dominante, et notamment la noblesse, qui le voit comme un repère de révolutionnaires coupeurs de têtes !

10   Fondé en 1893, lorsqu'Oxford s'ouvre enfin à la possibilité d'instruire des femmes, *St Hilda's College* marqua l'histoire du sport en inaugurant la première course féminine d'aviron en 1927.

11   C'est la *Gaumont Film Compagny* qui fait bâtir les studios de cinéma de Lime Grove dans ce quartier ouest de Londres en 1915. Après la Seconde Guerre mondiale, ils devinrent studios de télévision pour la BBC.

12   *Le jardin d'Eden – fête foraine* = nom fictif.

13   Les boîtes à rêver sont des vitrines, sortes de cabinets de curiosités en miniature, contenant tout un tas d'objets exotiques ou farfelus, parfois des maquettes animées.

14   Dans la société anglaise, le marqueur social par excellence est l'accent. Il en existe une foultitude et ceux-ci furent longtemps et sont encore source de ségrégation dans nombre de cercles élitistes. Il va sans dire que l'accent irlandais a été très tôt vu de façon négative par le gotha anglais. Les a priori envers les Irlandais pullulaient, on les disait rebelles, pauvres, malpropres, ivrognes et aux mœurs douteuses.

15   *Pikey* est un diminutif de *turnpike*, signifiant un voyageur irlandais. Par dérivé, pikey ou piky est devenu un terme péjoratif désignant une personne de classe inférieure pauvre et sans toit.

16   Arthur Tansley fut professeur de botanique à Oxford jusqu'en 1937. Pionnier dans bien des domaines et notamment dans les sciences de l'écologie, il avait étudié la psychologie auprès de Freud lui-même à Vienne, d'où l'accent !

17   *We'll meet again* (« Nous nous reverrons ») fut une des chansons emblématiques de la Seconde Guerre mondiale. Interprétée par Vera Lynn dès 1939, elle devient l'hymne des jeunes aviateurs de la RAF. Voici le dernier couplet : *« Nous nous reverrons, qui sait où, qui sait quand, mais je sais que nous nous reverrons, un jour radieux. »*

18   Le Blitz (*l'éclair* en allemand) : vague de bombardements aériens s'étant abattue sur l'Angleterre entre le 7 septembre 1940 et le 21 mai 1941, faisant plus de 40 000 morts aussi bien à Londres que dans le sud-est du pays.

19   Le *pashmînâ* est la plus belle qualité de cachemire existant. On dit *pashmînâ* pour désigner l'étoffe aussi bien qu'un châle fabriqué dans ce même tissu.

20   Cette rue est célèbre pour avoir inspiré à Dickens un passage particulièrement savoureux de *Oliver Twist* (paru en 1837), puant et dangereux, un vrai coupe-gorge où même les vicaires ne venaient qu'accompagnés d'un garde du corps. Pile un siècle plus tard, tout est différent, les commerçants et artisans diamantaires se sont installés et les taudis ont disparu.

21   Le Pendjab, une vaste région comprise entre l'Inde et le Pakistan, est connu pour son art du tissu brodé aussi appelé *phulkari*. N'oublions pas que l'Inde, à cette époque, fait encore partie de l'Empire britannique.

22   L'in-folio est un format de livre. Au XVIIIe siècle, les in-folio sont très volumineux, c'est le format des ouvrages de référence, dictionnaires, encyclopédies, etc.

23   Le legs de lit est, en effet, une close très fréquente dans les testaments anciens, souvent entre mari et femme ou de parents à enfants. Les bons lits étaient des meubles coûteux. Pour l'anecdote : William Shakespeare légua par testament son meilleur lit à son épouse Ann née Hathaway.

24   Les *public schools* ou écoles publiques sont, comme leur nom ne l'indique pas, des écoles privés souvent en internat accueillant les garçons de 8 à 16 ans. Elles sont notoirement connues pour être le laboratoire des premières expériences homosexuelles entre adolescents.

25   L'horrible vice des Grecs : *the unspeakable vice of the Greeks*, disaient les professeurs pudibonds, comme le raconte l'écrivain E.V Forster dans son célèbre roman gay *Maurice* écrit dans les années 30.

26   La cathédrale St Patrick est un édifice emblématique de New York. Étrangement, elle n'est pas située dans le quartier irlandais par excellence, le tristement célèbre *Hell's Kitchen* (la cuisine du diable) où se côtoyaient pauvreté et mafia jusque dans les années 60.

27   Neal et Brian sont deux prénoms d'origine irlandaise et deux frères que vous croiserez au détour du roman *New York, 1954*. Brian, du celtique *bri* signifiant *autorité*, y deviendra policier, et Neal, du gaélique

Niall le champion, le flambeau, sera la muse d'un photographe en quête d'inspiration.

28 L'occiput est la partie du crâne située à la jonction avec la colonne vertébrale, très loin derrière l'œil donc...

29 C'est dans un quartier du centre de Londres, haut lieu des arts, qu'est situé le Royal Opera House, fondé au 18e siècle. Par convention, l'ensemble d'édifices (opéra, orchestre royal, corps de ballet) du site est appelé Covent Garden, du nom de ce quartier, originellement le jardin d'un couvent.

30 *Dolly* : poupée en anglais, terme populaire pour héler une fille.

31 Un métier aujourd'hui disparu, les réveilleurs et réveilleuses *(knoker-upper* en anglais) avaient pour rôle de réveiller leurs clients gros dormeurs. Ils frappaient à leurs fenêtres depuis la rue au moyen de bâtons jusqu'à ce que les volets s'ouvrent ! Ce métier exista à Londres, mais aussi à Paris.

32 *La Crème du chat,* prononcé rapidement dans sa forme anglaise, on peut également comprendre : le Cri du chat *(The Cat'Scream).* Lieu et nom fictifs.

33 Le *polari* est une forme d'argot des rues de Londres utilisée au XIXe siècle et jusque dans les années 60 par les gens du cirque, par la marine marchande et surtout au sein de la communauté homosexuelle. Les mots sont des dérivés d'autres langues comme l'italien, le romani, le yiddish et de divers jargons anglais et irlandais.

34 *Lily Law* ou *Lilly* ou encore *Miss Lilly* désigne la police dans les milieux interlopes et notamment homosexuels londoniens, le terme va devenir très populaire aux États-Unis après les émeutes de Stonewall en 1969.

35 « Pas de boisson », ici, dans le contexte « pas d'alcool » en dialecte *polari.*

36 Et du courage, il en fallait pour affronter les quolibets et les brimades, comme le raconte Quentin Crisp, queer flamboyant du Londres des années 30-40, adepte du maquillage et des vêtements féminins, qui finira sa vie aux États-Unis. Il fut le fameux *Englishman in New York* qui inspirera au chanteur Sting son tube éponyme.

37 Plusieurs études récentes ont modifié la vision que l'on avait de la classe ouvrière anglaise, bien moins homophobe qu'on ne le croyait. Ce

milieu, qui valorisait la virilité de la force de travail, faisait en parallèle très peu de cas des mœurs des ouvriers. Les exemples sont nombreux d'hommes vivant leurs amours masculines au vu et au su de leurs collègues sans que cela ne prête à conséquences. Le chômage de masse des années d'après-guerre a malheureusement détruit cette bienveillance.

38 Les vespasiennes du centre de Londres étaient le haut lieu de la drague homosexuelle et donc très surveillées. Celles des squares comme Trafalgar ou Piccadilly Square, celles des gares comme à Waterloo étaient des « cornes d'abondance » pour les brèves rencontres. On les surnommait les « chapelles en bronze » et l'on y pratiquait le *cottaging*, le fait de s'y sentir à l'aise comme dans un petit cottage.

39 Le LL (abréviation de *Low Laoder* : châssis surbaissé) est un modèle de taxi construit et popularisé par la toute puissante marque Austin à partir de 1934. La plupart des taxis londoniens de cette époque sont des LL et le surnom est resté dans les mémoires.

40 L'oncle George, comme la très grande majorité des membres des classes aisées anglaises, ne connaît rien aux mœurs des populations nomades de Grande-Bretagne. En réalité, les *gypsies* ont une tradition très protectrice concernant la vertu de leurs filles. L'image de la bohémienne tentatrice et libertine est un préjugé de classe courant, mais pourtant faux.

41 Traduction littérale : « Théâtre cinématographe sièges pour séance en continu – 1 shilling – 6 pennies & 3 pennies ». Cette frise a bien existé mais a disparu lorsque le bâtiment a été démoli en 2019.

42 Entre gens du métier à cette époque, on disait *opérateur* et non *projectionniste*.

43 Jusqu'au début des années 90, les séances de cinéma étaient systématiquement interrompues en milieu de projection par un entracte. Des vendeuses de biscuits, de bonbons et de glaces circulaient dans les allées.

44 *L'Invincible Armada (Fire over England)*, sorti en 1937, est l'un des premiers films à grand spectacle britanniques. Ce drame historique se déroule au temps d'Elisabeth 1re et permit à la toute jeune actrice Vivien Leigh d'être repérée par le frère du futur réalisateur d'*Autant en emporte le vent* qui en fera une superstar.

45   Le *Daily Mirror* du 30 avril 1938 le dit sans appel : « Les mœurs des *dance hall* sont dignes de ceux de Sodome et Gomorrhe ! » Les ancêtres des boîtes de nuit étaient des lieux où la jeunesse s'amusait follement sur des airs de swing et de jazz.

46   Dans les années 30-40, les hommes élégants se coiffent d'une raie parfaite grâce à l'application de cette pommade pour les cheveux. La marque Gomina est très à la mode, tout comme la Brillantine.

47   Mort tragiquement à seulement 31 ans, l'Américano-Italien, Rudolf Valentino fut considéré comme l'homme le plus beau du début du XXe siècle.

48   « Être comme ça » est la traduction littérale de « to be like that » une expression signifiant « être homosexuel » durant l'entre-deux-guerres. Sachant qu'à l'époque, le qualificatif « homosexuel » était très peu employé et réservé au milieu médical. Les autres termes répandus dans le langage courant sont plus directement péjoratifs comme *faggot, fags, pansy*… c'est-à-dire pédale, pédé, folle.

49   « Il y a une petite bête que j'aime câliner/Et tous les soirs je m'y tiens/Je la caresse à chaque fois que j'en ai l'occasion/C'est le minou de ma copine ! » *My girl's pussy*, que l'on peut traduire par « La chatte de ma copine », a été composée en 1931 par le clarinettiste et chanteur anglais Harry Roy, il savait jouer des doubles sens, souvent lestes, dans ses chansons aux rythmes jazz.

50   « Parce que c'était lui, parce que c'était moi », ainsi le philosophe Michel de Montaigne tente d'expliquer l'amitié passionnelle qui le lia pendant 5 ans au poète Étienne de La Boétie à l'époque de la Renaissance française. La mort tragique de La Boétie à seulement 33 ans mit fin à cette idylle platonique devenue célèbre.

51   L'Emergency Hospital Service (EHS), le service hospitalier des armées, mis en place durant la Seconde Guerre mondiale au Royaume-Uni pour centraliser le personnel soignant et le répartir entre les différentes institutions ayant besoin urgemment de gérer des victimes militaires ou civiles.

52   Le *Savile Club*, fondé en 1868, est un club londonien exclusivement masculin encourageant les arts et sciences dans un souci de convivialité. Cela inclut de passer les soirées entre amis à manger, boire et discuter. Tous les gentlemen anglais étaient tenus d'appartenir

à un club. La séparation entre les sexes étant extrêmement forte dans la société anglaise de cette époque.

53 L'Austin Seven Nippy, dite aussi Baby Austin, est le plus gros succès du constructeur britannique pendant l'entre-deux-guerres. Déclinée sous tous les types de livrées possibles (cabriolet, coupé, berline…), le modèle Nippy est un coupé sport décapotable très tape-à-l'œil.

54 Le *West End* est un terme trompeur, il s'agit en fait du centre de Londres. On associe le nom West End à toute la zone autour de Trafalgar Square où sont situés les théâtres prestigieux.

55 Dans ce théâtre, Sir Alec Guinness (Obi-Wan Kenobi !) fit ses débuts de comédien en 1934. En 1951, les lieux sont transformés en studios d'enregistrement. Les plus grands groupes de rock s'y produisent (Queen, The Who, les Stones, les Beatles). Redevenu théâtre en 1987, il favorise depuis lors les reprises modernes de pièces classiques, comme l'ébouriffant *Cyrano de Bergerac* au look hip-hop monté par Jamie Lloyd en 2019.

56 Le Waterloo Bridge a triste réputation depuis sa première construction en 1817. Au XIXe siècle, la police compte près de 30 suicides par an depuis ce pont. Dickens dira qu'à cet endroit, la Tamise avait un « aspect horrible ». En très mauvais état, il est démoli dans les années 30, puis reconstruit.

57 L'Angleterre reste à l'époque le seul pays européen à condamner la simple masturbation entre hommes, les inculpés risquaient plusieurs années de prison et l'âge ou le statut ne les préservaient pas d'une condamnation. Avec la crise économique de la fin des années 20, nombre de jeunes hommes se prostituent et le chantage devient un bon moyen de multiplier les gains.

58 À l'été 1937, le Parlement anglais vote le *Matrimonial Causes Act*, ouvrant l'extension des motifs de divorce. Alors qu'avant, seul l'adultère était retenu, il est possible à présent de se séparer pour cause d'abandon du domicile conjugal ainsi que pour inceste, folie incurable, sodomie (!) et cruauté.

59 Le Royal Mail est le service des postes britanniques fondé au XVIe siècle. C'est à la Grande-Bretagne que l'on doit en 1840 l'invention du timbre-poste à coller sur les lettres, une idée géniale d'un professeur

d'anglais, Rowland Hill, qui ne supportait plus les variations de tarifs et les aléas de distribution !

60 C'est-à-dire assistant caméraman en langage actuel.

61 À l'époque, les trains dits parlementaires étaient des trains réservés au peuple. Une fois par jour, le trajet ne coûtait qu'un penny par mile (soit un penny tous les 1,6 km).

62 Le *quad*, diminutif de *quadrangle*, est une cour intérieure, le plus souvent garnie de pelouse, et entourée des bâtiments les plus importants de l'établissement : chapelle, dortoir et hall. Le quad est typique de l'architecture des *colleges* anglais. Celui de New College serait le plus ancien d'Oxford.

63 New College, fondé en 1379, est l'un des plus vieux *college* d'Oxford. Immense et riche d'une architecture spectaculaire, il est de nos jours souvent utilisé comme décor de cinéma.

64 Héritage du Moyen Âge, le réfectoire, que l'on nomme le *hall*, sert pour tous les repas et certaines cérémonies. Les élèves mangent sur de longues tables communes tandis que leurs professeurs président en bout de salle. Des portraits ornent les murs.

65 Étudiant brillant quoique turbulent à New College, John Scott Haldane se passionna pour la génétique (des vertébrés et des plantes notamment). Il fut l'un des fondateurs du néodarwinisme et un génie de la vulgarisation scientifique.

66 Pour les étudiants non majeurs, l'astuce consistait à se faire inviter par un professeur ou par un gentleman qui les présentait comme « invités » à sa table ; une fois installés, les jeunes gens payaient les consommations du brave homme. Il faudra attendre la Seconde Guerre mondiale pour que les pubs soient plus permissifs à l'accueil de tous les étudiants.

67 Parolier de chansons romantiques, notamment pour des comédies musicales dans lesquelles brillaient les crooners du moment, Cole Porter, fut l'un des plus célèbres compositeurs de jazz américains. Bisexuel, il attendit de divorcer dans les années 30 pour vivre ouvertement son homosexualité.

68 Alfred Maltby & Sons était une institution à Oxford. Relieur et restaurateur de livres, les étudiants venaient y faire relier leurs mémoires,

thèses, carnets, et faire restaurer leurs ouvrages selon des techniques ancestrales.

69 En 1937, sur l'ensemble des *colleges* d'Oxford, on compte près de 4 300 étudiants pensionnaires (dormant en chambres étudiantes). Sans être des dortoirs, les chambres accueillent souvent deux à quatre élèves.

70 Les fameux accords de Yalta, signés en février 1945 et réunissant le président américain Roosevelt, le dirigeant de l'URSS Staline et le Premier ministre britannique Churchill. L'Europe est partagée ce jour-là entre les trois grandes puissances, les Soviétiques obtenant une part importante dans l'attribution des territoires occupés.

71 Référence à l'insulte envoyée à Oscar Wilde par celui qui fut l'artisan de son procès tragique, le marquis de Queensbury, père de son amant et désapprouvant bien sûr une telle relation. Sur une carte de visite laissée à son club de gentlemen, le marquis avait écrit « Pour Oscar Wilde qui pose en somdomite », la faute d'orthographe est de lui et fit beaucoup sourire. Wilde fut étudiant à Oxford.

72 Au début du XXe siècle, les milieux étudiants anglais favorisent les cercles de discussions. Les étudiantes découvrent les sujets de conversations osés. Virginia Woolf en témoigne dans sa nouvelle « Le vieux Bloomsberry » du nom de son groupe d'amis londoniens. Un soir, l'un d'eux lance le mot « sperme » et « à ce seul mot, toutes les barrières de la pudeur et de la réserve tombèrent ».

73 C'est encore le célèbre Martin Crisp qui nous décrira le mieux l'ambiance d'euphorie sexuelle de la Seconde Guerre mondiale. « Jamais dans l'histoire du sexe la majorité n'offrit tant à une minorité », dit-il pour parler de l'abondance de jeunes soldats prompts à consommer leurs désirs dans l'obscurité des couvre-feux sans distinction de genre.

74 Les ambulancières du bataillon Rochambeau étaient à la base des jeunes femmes réunies autour d'une personnalité hors normes : Florence Conrad. Riche Américaine, celle-ci acheta des ambulances, constitua un groupe de conductrices courageuses et l'imposa au général français Leclerc. Celui-ci, d'abord réticent, finit par incorporer les Rochambelles dans la 2e division blindée qui participa à la Libération de la France.

75 Les universités accueillant des pensionnaires ont un couvre-feu. À Oxford, les étudiants devaient être de retour dans l'enceinte de

leur *college* avant les derniers coups d'une grande cloche. Puisqu'il existe une heure d'Oxford, celle-ci résonne à 9 h 05, ce qui correspond à 9 h de l'heure nationale britannique.

76   En 1937, les procès pour indécence et homosexualité se multiplient dramatiquement. À Londres, 251 procès ont lieu. Pourquoi ? L'abdication d'Edouard VIII qui a voulu épouser sa maîtresse, la très libre Wallis Simpson, en décembre 1936, a été un choc pour la bonne morale britannique. Le couronnement de son frère George VI a lieu au printemps 1937. Les consignes sont strictes : il faut nettoyer la capitale du péché qui la gangrène !

77   En 1946, *Guilty* (Coupable) est la chanson du moment. Interprétée par Margaret Whiting, c'est en fait une reprise d'un succès des années 30, à l'époque, le crooner Al Bowlly en était l'interprète. Il fut tué en 1941, pendant une attaque aérienne sur Londres.

78   Traduction : « *Est-ce un péché, est-ce un crime, de t'aimer, chéri, comme je t'aime ?* »

Table des matières

1946, septembre	5
1937, juillet	9
1946, septembre	29
1937, juillet	33
1946, septembre	51
1937, juillet.	53
1946, septembre.	71
1937, juillet	73
1946, septembre	87
1937, août	91
1946, septembre	105
1937, août	107
1946, septembre	125
1937, août	129
1946, septembre	147
1937, novembre	151
1946, septembre	181
1937, novembre	187
1946, septembre	193
1937, septembre	201
1946, septembre	209
1946, septembre	221
Remerciements	229
Petite bibliographie pour continuer la balade	233
Notes de fin	235